リャマサーレス短篇集

フリオ・リャマサーレス

木村榮一＝訳

河出書房新社

もくじ

リャマサーレス短篇集

読者へ

〈短篇、あるいは短い物語は作品の強度、長さ、物語性、想像力といったものを詩や小説と共有している。小説と詩という二つのジャンルにまたがっている短篇、あるいは短い物語は、たとえば旅行記や年代記といったジャンルによく見られるようにマイナーな文学という評価がなされているが、実際はまったく逆である。短篇は語り手にとってこの上なく厳しい試練であり、作家の長所と短所が隠しようもなく暴き出される場、些細なミスを犯してもその償いをつけなければならない文学の僻地である。ひとりの小説家の真の資質を知りたければ、彼の短篇を読まなければならない。なぜなら、その人の作品の萌芽が秘められているからである〉。この正確で、的を射た言葉は『僻遠の地にて』(*En mitad de ninguna parte*, Ollero y Ramos, 1995, Alfaguara, 2014) がアルファグアラ社から再版された際に作者が付け加えた序文の一節である。この短篇集は作者が発表した最初の短篇のアンソロジーで、それから長い年月が経って二作目のアンソロジー『いくら熱い思いを込めても無駄骨だよ』(*Tanta pasión para nada*, Alfaguara, 2011) が出版された。作者は、この二作に自分がこれまでに書いてきた短篇のすべてが収められていると述べ、〈このジャンル、つまり短い物語を私は読者として偏愛しているが、作家としてはあまり身を入れて書いてこなかった〉と打ち明けている。

この一文と、編集者に対してつねに寛容な作者がすでに発表した二十一の短篇［上記二つの短篇集に収められているのは十九作品で、そこにほかの作品に収められている「明日という日（寓話）」と「水の価値」を付け加えて二十一作品にしている］をまとめて『短篇集』と題して出版してみたらどうだろうと背中を押してくれたので、われわれは力づけられた。

『僻遠の地にて』は一九九五年、オリェーロ・イ・ラモス出版社から最初の版が出た。このアンソロジー誕生の経緯について語るとき、作者はつねに出版社の志の高さと独立不羈（ふき）の精神を称賛している。〈『僻遠の地にて』は、ある編集者——フリオ・オリェーロのことだが——の勧めで書き上げた作品である。彼から勧められるまでにもいくつかの新聞、雑誌から短篇を書くように依頼されたが、私は自分から進んでこのジャンルのものを書いたことはほとんどなかった。小説の場合は頼まれて書くことはまずない。しかし、短篇は逆に依頼されたり、締め切り日に間に合わせなければならないという縛りがあったりするのでかえって書きやすい。すべてとは言わないが、私の短篇のほとんどがそういう形で生まれてきた。この小さな本に収められている作品はいくつかの例外をのぞいて、以前に新聞（主として日刊紙のエル・パイース紙）に掲載されたものである〉。

フリオ・リャマサーレスの『いくら熱い思いを込めても無駄骨だよ』には——「マリオおじさんの数々の旅」や「依頼された短篇」と同じように——新聞の連載小説風のものから、わずか数ページの短いものまでさまざまなタイプの十二篇の物語が収められている。「ジュキッチのペナルティー・キック」のように、あるテーマのもとに編まれたアンソロジーに入っているものもいくつかある。〈寓話〉、あるいは掌篇で終わるという作品の構成は、アントニオ・ペレイラ［一九二三〜二〇〇九、スペインの詩人、作家］の「Yの字形に突き出した二本の腕」から借りてきたものである。〈私の同郷人であるアントニオ・ペレイラは……何冊かの本のひとつに、「十二の短篇とひとつのブラジル小説」という意味の判然としない、およそ正統的とは言えない副題を付けた。これは三、四十ページの短篇だが、「ブラジル小説」というタイトルの作品は、サンパウロのある新聞から抜き出したそっけない記事である……。ペレイラが暗示しているように、短いその新聞記事のなかには一篇の小説を構成するすべての要素が内包されている〉。それゆえ、『いくら熱い思いを込めても無駄骨だよ』に収められている十二の短篇に付け加えられた、ごく短い「明日という日（寓話）」の中の〈わずか七行足らずのものだが、時間的には永遠に続いていく〉という一節でこの短篇集はクライマックスを迎えるのである。

《ペレイラの図式》（おそらくペレイラの陽気な亡霊が、夜辺の語らいの中でリャマサーレスにそうするようにささやきかけたのだろう）と同じように、アンソロジーの中のアンソロジーであるこの短篇集の最後に「水の価値」が収められている。この短篇はクアトロ・アスーレスという出版社から、アントニオ・サントスの挿絵入りで同名の絵本として出版されたが、『いくら熱い思いを込めても無駄骨だよ』に再録されている［二〇一一年にスペインのAlfaguara社から出版されたテキスト“Tanta pasión para nada”には入っていない］。ただ、もともとは『水のさまざまな見方』という彼の小説の一節である。

　したがって、今あなたが手にしておられる本は、フリオ・リャマサーレスがこれまでに書いた短篇の完全な集大成と言っていい。これまで彼の著書を読み続けてきた人もそうでない人も、この短篇の集大成で大いに楽しまれることは間違いないだろう。というのも、この中には作者がこだわり続けてきたもの、彼の世界観が簡潔でありながら読者を深い思索へと誘い、しかも記憶とノスタルジーを美の領域に変容させる力をそなえた文体で描き出されているからである。

編集者一同

I　僻遠の地にて

ファン・クルスとフリオ・オリェーロに

冷蔵庫の中の七面鳥の死体

一九七一年のクリスマス・イブに、例年のように主人夫妻の間で口論が持ち上がった。クリスマス・イブの口論は毎年の恒例行事になっていたが、喧嘩はその日一日だけで、残りの三百六十四日間は口をきかなかった。ご主人のほうは昼夜の別なく自分の部屋に閉じ籠もってハバネラを聴いたり、新聞を読んだりしていて、女主人は朝から晩まで家中を歩きまわって、使用人たちにあれこれうるさく用事を言いつけていた。

ご主人は一風変わった人だった。当時の若者と同じように、十七歳のときに移民としてキューバに渡り、四十歳までそこにとどまった。あきれるほど多くの仕事を転々としたものの、ついに金はたまらず、自身の冒険の夢が潰えたのか、(心の病とも言える)郷愁に駆られたのかはわからないが、ほとんど思い出すことのなかった祖国に引き上げることにした。実を言うと、ご主人は自分の決断は間違いだったとずっと考え続けていた。大西洋のこちら側で自分の帰りを待つ者などいなかったし、フィデル・カストロがキューバで権力の座に就いたときでさえ失うものなど何ひとつなかった——つねづね彼はそう言っていた。けれども、ほかの人たちと同じように祖国に戻ってきた。新大陸で一旗揚げたらしいと噂されていたが、実は財産といってもスペインを発つときに残していったものだけ。つまり、夢想家で冒険心に富んだ若者という昔のイメージ、それに両親が遺してくれた三、四カ所の地所しかなかった。

それから長い年月が経ち、ぼくはたまたまキューバを旅する機会に恵まれたが、そのときにアデラ農場（ぼくがアストゥリアス地方を飛び出す前の十五歳から二十歳まで働いていた屋敷）のご主人のアメリカ大航海に関する真実を知ることができた。ホテルの年取った給仕がまだ彼のことを覚えていたのだ。

「ベルエータ？　丸っこい眼鏡をかけた、毛の薄い小太りの男かね？……だとすると、グセンド・ベルエータだな」給仕は頭のてっぺんからつま先までぼくをじろじろ見たあとこう言った。「覚えているも何も、あの若い男のことは忘れられんよ」

そのあとダイキリを前に置き、カウンターに肘をついて給仕の話を聞いたぼくは、凍りついたようになった。ピアノの前に座った黒人がいかにも弾き慣れた感じで物憂くけだるそうにハバネラを次から次に演奏していたが、それらの曲はまさにご主人の部屋でしょっちゅう耳にしていたものだった。そうした曲に耳を傾けながら、（怪しげな仕事に手を出したり、マレコン監獄で服役したり、大金を手に入れてはそれを失ったりということを繰り返していた）誰も知らないご主人の秘められた過去を知ることができた。

「もしこのホテルの部屋が口をきいて、グセンドはスペインにいると告げ口したら、草の根を分けても捜しだしてやると言って、船に乗り込む奴が何人も出てくるだろうな」給仕は最後にそう言って話を締めくくった。

先ほども言ったように、そのことを知ったのは何年ものちのことで、ぼくがあの農場で働いていた頃には温厚な好々爺になっていた。孫をかわいがり、毎日農場を散歩するのが楽しみで、とげとげしくて我慢ならない性格の奥さんを相手にしても、平静さを失うことなく辛抱強く耐えていた。麦わら帽をかぶり、白いショートブーツをはいて（少なくとも結婚式の写真を見る限りは、そういう服装をしていた）キューバから戻ってくるとすぐにあの女性と結婚したが、式は五月のある日曜日にリャネスの教会で行われた。そうと知って近くに住む適齢期の女たちはひとり残らず肩を落としたし、彼女の父親は年齢がちがいすぎる上に（ご主人の方が二十歳年上だった）、ひとり娘が目をつけた相手はどうやら自分の財産が目あてらしいと睨んでいたが、それは必ずしも見当はずれとは言えなかった。事実、彼女の父親はあのあたりで一番の資産家だったのだ。

今考えても、女主人が人を愛したことがあるとは思えなかった。信心家ぶってはいるものの、気まぐれでヒステリックなところがあり、しかも日がな一日銭勘定に明け暮れ、使用人たちをつかまえては次から次へと用事を言いつけていた。まさに女専制君主と言ってもいい女性で、そんな人間に人を愛することなどできるはずがなかった。客間に両親の写真といっしょに結婚式の写真が飾ってある。そこには目元をほんのり赤く染めた幸せそうな表情を浮かべた女性が写っているが、どこまでも計算ずくで作られた表情であり、夫になる中南米帰りの人物が教会で戸籍簿にサインするまでのわずかな時間浮かべていたにすぎない。父親が所有するミルク工場以外に何の取り柄もない、およそ魅力的とは言い難い、顔色の悪い娘が求めていたのは彼のサインだけだったのだ。

言うまでもないが、ご主人が結婚によって手に入れたいと思っていたのは、今の自分にない経済的な安定と、それまでに味わってきた数々の失望感を忘れさせてくれる静かで落ち着いた暮らしだったが、その思惑はみごとに外れた。家に足を踏み入れたとたんに（おそらくそれよりも前の、教会の戸籍簿にサインした時点で）、顔色が悪くかわいげのない娘はそれまでのおどおどした態度をかなぐり捨てた。その顔からやさしげな眼差しが消え、表情が一変して、紛れもない専制君主としての本性をむき出しにした。そのあとのことは容易に想像がつく。ご主人の方は自分が責め立てられ、追い詰められていると気づいて、最初はおそらく立ち向かおうとしたはずである。ハバナでしたたかに生き抜いてきたやり口——ぼくがそのことを知ったのはのちのことだが——を用いることもできたはずだが、ついにそれを使うことはなかった（もっとも彼女とは口もきかなかったし、毎年クリスマス・イブになると激しく口論したが、少なくともぼくがあそこで働いている間、ご主人は奥さんに対して敬意を払っていた）。いずれにしても、奥さんが彼の翼の羽を少しずつ切り落として飛べなくしてしまったせいで、ご主人は部屋に引きこもって籠城戦に訴えるしかなかったのだ。

ぼくが出会った頃のご主人は、トイレに行くときか、日課になっている農場の散歩以外めったに部屋を出ることはなかった。食事も部屋でとっていた（女中のテヘリーナが毎日食事を上の部屋まで運び、ご主人が食べ終わるとトレイを片づけていた）。何年も前から寝室が別々だったので、主人夫妻はクリスマス・イブに子供たちが戻ってくるまで、何日も、何カ月も口をきくことはなかった。

家の中はいつもきちんと片づき、ひっそりしているが、一族の者が戻ってくると急に賑やかになる。里帰りは中止するわけにはいかない昔からの大切な習慣で、その日は一族の者全員が集まった。もっともそこには、リャネスの屋敷やセロリオの農場、ビリャビシオーサのリンゴ園、それにもっとも重要なヒホンのミルク工場といった数多くの不動産をいずれ自分たちが相続するはずだという思惑も働いていた。一族の者はそれぞれ午前中にスーツケースと子供たちを詰め込んだ車で次々に戻ってくる。一番先に着いたのは検事のドン・アベリーノと控え目な性格の妻ドーニャ・マル、次いでドン・セクンディーノとドーニャ・メルセーデス、そしてドーニャ・アナとドン・フリオ、昼頃に独身のミゲル坊ちゃんが戻ってきたが、この人が最後になった。その日、ご主人は珍しく庭に出てみんなを出迎えた。女主人が、子供たちとその家族の使う部屋の割り振りをしたり、荷物の置き場を指示したりするのに忙しくしていたので、ご主人は午後のあいだ居間で孫たちの世話をした。

毎年、子供たちが孫を連れて戻ってくると、夕食の時間まで家中がはじけるような喜びに包まれる。息子たちは家の中を歩き回りながら、その年にあった目新しい出来事を語り合い、女たちはにこやかに笑いながら（さりげなく）互いに品定めをしていた。年取った女主人がひっきりなしに用事を言いつけるので、テヘリーナとぼくは目のまわるほど忙しい思いをした。当日の夕食会はサロンのテーブルの一方の端に女主人が、もう一方の端にご主人が座り、二人が主催するという形で食事が出された。その間子供たちが主役になり、そこそこ親密な雰囲気の中で夕食会が進んだ。シャンパンのせいで列席者の声、とりわけミゲル坊ちゃんの声がかすれはじめると、女主人がまわりにいる人たちを押しのけるようにして進み出て、一年間口をきかなかったご主人に向かって突然居丈高な口調でこう問いかけた。

「今年は行くんでしょう？」

「行かないよ」

「どうして？」

「気のりしないんだ」

四十年のあいだに（二人が結婚してそれだけの年数が経っていた）、女主人はご主人を意のままに、すべての面で自分の思い通りにするようになっていた。ただひとつ、日曜日のミサに同行することにだけは頑として首を縦に振らなかった。ご主人は無神論者ではなかったし、宗教に背を向けていたわけでもない。ミサなどどうでもよかったのだ。ご主人が自分の部屋に迎え入れていたたったひとりの客というのが、実は町の教区司祭ドン・マルセリーノだった。女主人に背中を押されていた司祭は、チェスを指しながら辛抱強く説得に当たったが、ご主人はうんと言わなかった。教会に行くことを拒み続けたのは、ご主人にしてみれば自身の矜持を守ると同時に、過去四十年間言いなりになるよう強いられてきたことに対する反発でもあったとぼくは睨んでいる。女主人は何度も説得しようと試みたが、結局ご主人は首を縦に振らなかった。かつて女主人の両親は日曜日になるとそろって教会に足を運んでいたが、自分たちにはそれができないのだと認めざるを得なかった。女主人としてはクリスマス・イブの日、夕食を終えたあとに家族そろって深夜ミサに出席したいと思っていたから、夫が首を縦に振らないことだけはどうしても許せなかった。

一九七一年のクリスマス・イブに主人夫妻の間で持ち上がった口論は、それまでにないほど激しいものだった。ただ、それが七面鳥のせいなのか、単に起こるべくして起こったことなのかは今もってわからない。

クリスマスの時期に市場で七面鳥を買ってお祝いをするのが、毎年の習わしになっていた。クリスマス・イブの日、女主人は七面鳥を絞める前に、味と香りが鳥の肉にしみこむように酔っぱらうまでアニス酒を飲ませるように言いつけた。その儀式には家族の者はもちろん、使用人も含めてわれわれ全員が参加したが、酔いの回ってきた七面鳥の足取りがだんだんおぼつかなくなり、ついには本物の酔っぱらいのように千鳥足で台所の中を歩き回るのを見て大笑いしたものだった。けれども、あの年の七面鳥にアニス酒を飲ませる儀式はいつもと違った。七面鳥だけでなくアニス酒のボトルも用意してあり、あとは七面鳥を酔わせるだけでよかったのだが、あの日はミゲル坊ちゃんの到着が遅れた（本人の言うところでは雪のせいだったそうだ）。われわれは全員で坊ちゃんを迎えに出て、荷物を家に運び込む手伝いをした。その間にご主人はとんでもないことをやらかした。坊ちゃんは、家族はもちろん使用人にもお土産をいつも用意して帰ってこられるので、ぼくたちはひとり残らず迎えに出た。あとに残されたご主人は、その隙に七面鳥と一緒にアニス酒の瓶を空にしてしまったのだ。われわれが台所に戻ってみると、女主人が卒倒しそうになっていた。今でもはっきり覚えているが、女主人が床に倒れないようドーニャ・アナが懸命に支えていた。正直言って、女主人が卒倒してもおかしくない状況だった。というのも、ドン・グセンドと七面鳥がまるで嵐の夜を辛くも生き延びた仲のいい友人のように、踊りながら台所のテーブルのまわりをぐるぐる歩きまわっており、しかもご主人は大声で狂熱的なバイヨン［一九五〇年代に流行したラテンアメリカ起源の新しい音楽］を歌っていたのだ。

「混血（ムラータ）の女はエデンの真珠、混血の女は美人でダンスがうまい、混血の女は美人でキスがうまい……」

　その夜の夕食会は忘れられないものになった。テーブルの一方の端に座った女主人は、黙りこくったまま何か考え込んでいたが、その目は怒りに燃えていた。反対側の端に座っていたご主人の方はさらに酔いがまわり、ナイフで皿を楽器代わりに叩きながらあの狂熱的なバイヨンを小さな声で口ずさんでいた。この二人に挟まれた家族の者は料理皿を食い入るように見つめるばかりで、ミゲル坊ちゃんでさえ一言も口をきかなかった。その夜は、さすがの女主人もクリスマス・イブの深夜に行われるミサに出るつもりがあるかどうか尋ねなかった。もちろん、尋ねようなどと思ってはいなかったし、あの場の状況から考えて少なくともその年の深夜ミサに出席すると言い出す可能性は万にひとつもないだろうと考えて、それには触れなかったのだ。ただ、夕食会が終わり、われわれ全員が家を出て教会へ行こうとしたときに、女主人は憎しみを込めて夫にこう言った。

「いいこと、グセンド」そこで女主人は一呼吸おくと、ご主人が自分の方を振り向くのを待った。「あんたのレコード・プレイヤーは、さっき窓から投げ捨てたからね」

そのあと、毅然とした態度でほかの者にこう言った。

「さあ、みんな、行くわよ」

教会までの道は冷え込んだが、それでも大勢の人が歩いていたのを覚えている。連れだって教会まで足を運んだ幸せな人たちが、道々ビリャンシーコ［スペインのクリスマスキャロル］を歌いながら家に戻っていった。われわれは歌どころではなかった。ご主人や帰ってからのことを考えていたが、まさかあのような事態が待ち受けているとは夢にも思わなかった。

今回はドーニャ・アナがその場で卒倒した。ドアの敷居をまたいだとたんに、彼女は羽根のようにふわりと床に倒れた。何が起こったのかわからないまま、みんなが急いで駆けつけた。しかし、それで収まりはしなかった。女主人と息子たち、その妻、使用人、歌をうたいながら戻ってきた孫たち、誰もが家の中に足を踏み入れたとたんに石のように固まってしまった。それも無理はなかった。玄関の間の天井に取りつけられた照明器具のアームに、ご主人と七面鳥がクリスマスの二つの飾りのようにぶら下がってわれわれの帰りを待ち受けていたのだ。

驚いたことに、当初いちばん落ち着いて見えたのは女主人だった。

その日のために蝶ネクタイを締め、白のショートブーツをはいていたご主人をみんなで下に降ろしているときに、七面鳥も同じように降ろすのよ、それは明日料理するから冷蔵庫に入れておいてちょうだい、と女主人は指示した。

「主人は墓地に運ぶけど」と硬い表情で言った。「七面鳥は一緒に埋葬しないからね」

しかし、女主人の毅然たる態度は午前中で崩れた。まず、ユーマが騒ぎを引き起こした。高齢のあの運転手は葬儀用の花輪を買うためにリャネスまで行ったのはいいが、せっかくここまできたのだからと酒場を何軒かハシゴしてまわった。戻ってきたときはまるでカー・レースで優勝したかのように首に花輪をかけ、七面鳥のように足元がふらついていた。ついで、ドーニャ・アナの番だった。彼女は突然神経の発作に襲われて、わっと泣き出すと棺のそばに付き添っていた司祭にしがみついた。もう少しで棺が二人の間に落ちそうになった（幸い、喪主として付き添っていた――検事の――長男ドン・アベリーノが宙に浮いたその棺を何とか支えた）。次に、女主人が崩れ落ち、床にばったり倒れたが、そのときに、私は埋葬に立ち合いませんからね、それだけじゃなく、私がいなければ主人は今も照明器具のアームからぶら下がっていたはずよ、とわめきながら部屋をあとにした。そのときにコックのヘレンが（包丁を手に持ったまま）通夜の部屋に飛び込んでくると、いつもの控え目な態度ではあったが、大声でこうわめいた。

「奥様、七面鳥の死体はそろそろ料理してよろしいでしょうか」

自滅的なドライバー

あの朝、アントニオ・セグーラは七時半きっかりに自宅の台所で朝食をとったが、まさか自分のために運命があのような出来事を用意しているとは夢にも思わなかった。

夏の陽射しがまぶしい土曜日で、窓の向こうの庭では小鳥がさえずり、ラジオからはバスク地方のテロ事件で警官がひとり死亡し、ポルトガルの列車事故での犠牲者が六人にのぼり、アフリカの戦争とインドの洪水でいつものように死者が出たというニュースが流れてきたが、暴力的な事件がつねに起こっているふだんの日々と変わるところはなかった。実を言うと、そういったことはありふれた事件でしかなく、平穏無事な彼の生活のいつもと同じ一日になるように思われた。

勤め先の銀行では事件らしい事件もなく、午前中の単調な時間が流れていた。セグーラはいつものように分秒の狂いもなく八時三分きっかりに出勤した。これは彼だけに許された奇妙な特権だった。それまでずっと模範的な銀行員としてまじめに勤めあげてきたし、加えてちょっとしたトラブルがあったおかげで三分遅れの特権が認められるようになったのだ。三十年ほど前のことだが、彼はある朝支店長代理と口論になり、みんなの注目を集めた。

「セグーラ君、今何時かわかっているかね」

「八時三分です、メーレさん」

「ここでは八時ちょうどに出勤する決まりになっている、それはわかっているだろうね？」

そう言われても、セグーラは一歩もあとに引かなかった。当時は誰も人に向かって大声を上げることはなかったし、まして相手が支店長代理ともなればなおさらだった。それでもセグーラはひるまなかった。それどころか、逆に数秒間メーレ氏の視線を受けとめた。すでに出勤していた同僚たちは面白いことになったと、冷ややかで底意地の悪い目で成り行きを見守っていたが、彼はこう返した。

「それはわかっております、メーレさん。失礼ながら不肖私が三分遅れで出社するのは、こちらに来る前に朝食とトイレを済ませているからで、ほかの人たちのように銀行内や勤務時間中にそうしたことをしてはおりません」

セグーラの返事は明快だったし、遅刻の理由も納得のいくものだったので、以後支店長代理がみんなの前で彼に注意することはなくなった。たしかに銀行の歴史上例外的な措置ではあったが、支店長代理がこれからも三分遅れで出社していいと明言した。この三十年のあいだに銀行の経営陣は何度か入れ替わったが、彼に対する例外的な措置は取り消されなかった。一方、セグーラのほうは三十年間、その寛大な措置に応えるべく、勤務時間中は懸命に仕事をし、必要な場合は自らの責任で退社時間を超えても仕事をした。それでもけっして八時に出社することはなかった。早く着きすぎたときは、真面目な銀行員なら誰でも持っている正確な時計がきっかり八時三分を指すまで通りで時間を潰した。これは誇りの問題だ、と彼は言っていた。

車でトラブルがあった日の朝、セグーラは自分の席からほとんど動かなかった。三十一日が金曜日と重なると、銀行は月曜日まで閉まるので、その前に給料を引き出そうとする人たちが長蛇の列を作るが、そうなるとセグーラは獅子奮迅の働きをする。彼は窓口の防弾ガラス越しに順番待ちをしている人たちと大声でしゃべりながら、紙幣を一切見ずに手際よく数えていくが、そういうところが街頭で宝くじを売っている目の不自由な人にそっくりだというので、同僚は彼のことをセグリンとかトニンなどと呼んでいた。

十時頃に電話がかかってきた。妻のエルサからで、アルゼンチンからやってきた親戚の人たちを昼食に招いてあるので、遅れないようにとのことだった。ああ、わかった、大丈夫だ、心配しなくていいよと返事をしながら、セグーラは今週の金曜日もソファーに寝転がって映画を見ながら昼寝をするわけにはいかないのか、とうんざりした思いで考えた。

金曜日は決まってほかの日よりも一時間早い二時ちょうどにベルが鳴る。とたんに銀行中が騒々しくなり、テーブルと椅子が同時に大きな音を立てた。まるで空襲警報が出たような騒ぎになって、わずか数秒間でオフィスから人影が消えた。

「セグーラ、また月曜日にな。楽しい週末を過ごしてくれ」

「じゃあな」そう答えてセグーラは自分の車を捜しに行ったが、そのときに月曜日に出勤するまで正確には六十六時間、それにプラス三分あるなと頭の中で計算した。アルゼンチンから親戚の者がやってくるが、それでも自分は幸せ者だと考えた（彼はまだ気づいていなかったが、その瞬間に誰かが人生の道半ばで彼を吹き飛ばすことになる爆弾を仕掛けたのだ）。

セグーラは自分の車を見つけ出すのに手間取った。銀行の裏手にある狭い通りの、カフェテリア・スカルのそばのいつもの場所に停めておいたのだが、トラックが二重駐車していて車を出せなかった。セグーラはトラックの持ち主が動かしてくれるまで自分の車のそばで待つことにした。近くで工事をしていたので、トラックの持ち主はおそらく近くにいるはずだった。実を言うと、あのあたりは駐車しにくい場所なのだが、あれほど図体の大きなトラックともなればなおさらだった。

五分後、セグーラは我慢できなくなってクラクションを鳴らした。しかし、その音に驚いたのは自分とカフェテリアの客だけだった。彼らはガラス・ドアのところからちらっと顔をのぞかせたあと、また素知らぬ顔で食前酒を飲みはじめた。この町の住民も近頃は無責任になり、近くに住む人に敬意を払わなくなったな、と彼は考えた。

二時十五分頃になると、セグーラは苛立ちはじめた。トラックの持ち主はいっこうに姿を現さなかったし、家ではエルサが食事の用意をし、彼が帰ってきて給仕してくれるのを待っているにちがいなかった。妻には寄り道せずに帰ると約束していた。

すでに二時二十分になっていたし、時間は容赦なく過ぎて行った。車のそばでトラックの運転手が現れるのを待ちながら、セグーラは時折ヒステリックにクラクションを鳴らしたが、効き目はなかった。それどころか、カフェテリアのドアのところから頭の禿げた太った男が顔をのぞかせ、マリンブルーのつなぎを着たいかにも運転手らしい太い腕をしたその男が大声で喚いた。

「静かにしろ、耳ががんがんして話ができんじゃないか」

セグーラは驚いて飛び上がったが、必死に平静さを保とうとした（こういうときは冷静さを失ってはいけない、とつねづね自分に言い聞かせていた）。あれがおそらくトラックの運転手だろう、やっと気づいてくれたんだ、そう考えて男にどう言おうかと頭の中であれこれ考えた。しかし、相手はそのままカフェテリアの奥に入っていったので（そのときにご丁寧にも、うるさいクラクションをてめえのケツの穴にでも突っ込んでおきな、と忠告までしてくれた）、セグーラは路上にひとり取り残された。あのトラックに素手で立ち向かったものか、それとも警察を呼んだものか迷ったが、もう一度クラクションを鳴らすだけの勇気はなかった。

五分後、自暴自棄になったセグーラはレッカー車を呼ぶことにした。あのトラックがどうなろうが彼の知ったことでなかった。自分自身のことしか考えられなかった。しかし、あの通りで公衆電話があるのは例のカフェテリアだけだった。先ほど自分に悪態をついた男にびんたを二つばかり食らわせる勇気もないので（それは自分でもよくわかっていた）、カフェテリアであの男と顔を突き合わすのかと思うと、とてもそこの電話を使う気になれなかった。銀行の近くのべつの通りに電話ボックスがあったのを思い出したが、レッカー車を呼ぶにはまずどこかの会社に電話しなければならない、そこに電話をするためには番号を調べなければならない、そのためにはカフェテリアで番号を教えてもらわなければならない。生まれてはじめてセグーラは、自分の進む道にカインが黒い影を落としていることに気づいた。

三時二十五分前になるとセグーラは、トラックの運転手がこの世に存在しているとしても、食事がすむまで、あるいは友達と賭け事でもしていれば、それが終わるまで戻ってこないにちがいないと確信した。彼は途方に暮れてそこに突っ立っていた。自力でトラックを動かせるはずはなかったし、ましてや道行く人をつかまえて手伝ってくれと頼むわけにもいかなかった。家まで歩いて帰るのも得策とは言えなかった。そうすれば、夕方にまた車を取りに戻ってこなければならないが、ここまで戻ってくるのに二十分もかかるので、その気になれなかった。これまでに無駄にした時間のことを考えると、そんな悠長なことをしていられなかった。

数人の客が昼食をとろうとカフェテリアを出て家に戻ろうとしていた。それを見て彼は、今この瞬間に奇跡が起こって家に帰れるのではないかと期待した。しかし自分でもなぜだかよくわからないまま、セグーラは突然トラックのステップに足をかけると、運転台をのぞき込んだ。

中を見て、身体が凍りついたようになった。シフトレバーがニュートラルに入ったままで（もっともそうとわかったところで、トラックの重量を考えれば、何の解決にもならなかったが）、車の持ち主がうっかりしてイグニッション・キーをさしたままにしていたのだ。キーがついているということは、ドアも開いているということだな、と彼は探偵のようにすばやく推理を働かせた。

事実その通りだった。指でノブを軽く押さえただけでドアがすぐに開き、運転席が目の前に現れた。セグーラはステップに足をかけたまままわりを見回した。二台の車が街角で信号が青に変わるのを待っていたし、通りの奥から別の二台の車が自分の方に向かってきた。タクシーが彼のすぐそばをバックミラーに接触しそうになりながら、トラックとその反対側に停まっている車との狭い隙間をすり抜けようとした。タクシーの車体が大きかったのか、それとも隙間が狭すぎたのかはわからないが、ほんの数センチほどのところを通り過ぎた。そのときにタクシーの運転手が「クソったれ」とセグーラに毒づいた。

セグーラは即座に心を決めてトラックの運転台にもぐり込んだ。巨大な恐竜を思わせるあのような車を運転したことは一度もなかった（実を言うと、トラックの運転台にのぼったことさえなかった）。しかし運転はそうむずかしくないだろう――と彼は考えた。運転免許を取って二十年になるが、ビリャダンゴスを走っているときに雨のせいでスリップしてぶつけた以外、事故は起こしていない。それに、トラックを運転するといっても、ほんの数メートル動かすだけだ。ギアをセカンドに入れたり、ハンドルを切ったりする必要はなく、動きのとれない自分の車をそこから出し、もう一度トラックをバックさせて、元の位置に戻せばいいんだ。何ならわざと通行の邪魔になるようにトラックを道の真ん中に停めてもいいだろうが、さすがにそこまではできない。タクシーの運転手はあんなことを言ったが、自分は〈クソったれ〉なんかじゃない。

エンジンをかけたのは正確に言うと、一九八一年七月三十一日十四時四十三分ちょうどだった。銀行員で既婚者、経歴にキズひとつなく、品行方正なアントニオ・セグーラはその日、その時間のことを決して忘れることはないだろう。トラックは突然この上なく深い眠りから目覚めた猛獣のような唸り声を上げた。変速ギアと鉄のぶつかる轟音を耳にしたとたんに、心臓が縮むのを感じた。けれどもすぐに自分を取り戻した。無力感と激しい憤りのせいで、彼も猛獣と化していたのだ。運転席に座ってトラックのすさまじい轟音を聞きながら、妻とアルゼンチンから来た親戚の者たちが食卓について自分の帰りを待っているところを思い浮かべると、その轟音以上の恐怖に襲われた。

セグーラがアクセルを踏み込みながらクラッチにかけた左足をゆっくり上げはじめると、轟音が正真正銘のトルネードに変わった。エンジンの中ではガスの流れがコネクティング・ロッドと歯車に激しくぶつかり、トラックが走り出すのではなく、そのまま宙に飛びあがるのではないかと思えるほど運転台が激しく振動しはじめた。けれども、実際は通りの真ん中に向かって急発進したにすぎなかった。ただ、セグーラは動転していた上に気が立っていたので、ハンドルが左いっぱいに切ってあることに気がつかなかった。

本能的にブレーキを踏んだ。トラックは急停止し、セグーラは眼鏡をかけたままフロント・ガラスに突っ込むところだった。そのとき、うるさくクラクションを鳴らす音が聞こえた。運転席に座り直してバックミラーをのぞくと、青白い顔をしたドライバーが映っていた。セグーラが急停車したせいで急ブレーキを踏む羽目になったのだが、そのドライバーもやはりフロント・ガラスにもう少しで頭から突っ込むところだったのだ。セグーラは気が立っている上に、ハンドルを逆方向に切らなければとそればかり考えていたので、トラックを停めてドライバーに謝るのを忘れていた。ふたたびアクセルを踏み込み、クラッチから足を離したが、焦っていたせいでまたしても急発進した。今回トラックは右方向に飛びだしたあと、ガクガクしながら進み、もう一度力なく前進し、セグーラがブレーキを踏む前にあえぎながら停止した。

エンストだった。急にクラッチから足を離したのでエンストを起こし、トラックは先ほどとは逆の方向を向いて道を塞いだ。手探りでキーを捜しながら、セグーラは何とか落ち着こうとした。空いた方の手で後続車のドライバーに悪いなという合図をしたが、返ってきたのはクラクションと罵声の合唱で、それが彼の耳の中で反響し、通り中に響きわたった。パニックになったセグーラがあわててバックミラーをのぞくと、うしろに車が二台並んでいた。キーはどこなんだ？　くそっ、トラックのイグニッション・キーはどこだ？　セグーラは両手でハンドルのまわりを撫でまわしたが、その間もうしろではクラクションの音と罵声がますます大きくなり、店にいた客が何があったのかと怪訝そうにカフェテリアのドアから顔をのぞかせた。やっとキーが見つかったので、あわてて回すと、ビシッと嫌な音がした。一瞬キーが壊れ、自分の手の骨も折れたのではないかと思った。バカな話だ。キーを逆方向に回していたのだ。左に回していたが、キーというのは時計の針と同じように右方向に回すものなのだ。自分の時計に目をやったセグーラは、三時まであと十分しかないことに気がついた。彼はキーを回した。右方向に回したが、十分な燃料をモーターに送り込めず、今にも消えそうな鈍い唸り声を上げるだけだった。うしろでは、クラクションの音がいっそう大きくなった。今では後続車が五台に増え、さらに二台の車が通りの奥の方から自分の方に向かってきた。何度キーを回してもいっこうにエンジンがかからず、そのうち車だけでなく自分まで息ができなくなっていることに気がついた。

突然エンジンがかかった。何度となくキーを回しているうちに、目に見えない火花が車のキーからエンジンへ、エンジンからセグーラの脳へと伝わり、トラック全体がふたたび身震いしてエンジンが作動しはじめた。セグーラはクラッチに足を載せたまま、落ち着くんだともう一度自分に言い聞かせた。二度とミスはできない。ほかの連中からリンチにでもかけられない限り、エンストを起こすわけにはいかない。カフェテリアでは常連客が手にアペリティフを持って、彼の悪戦苦闘ぶりを面白そうに眺めていたし、うしろの車は今度こそうまく動かすだろうと期待してクラクションを鳴らさずにおとなしく待っていた。

運転の教習を受けているようにセグーラは前かがみになり、アクセルを踏み込んだ。ギアが入っていて、ハンドルの位置が正しいかどうか確かめてから、彼は左足をクラッチからそっと離した。今度はトラックがエンストを起こさずに通りの真ん中を進んでいたので、ほっと胸を撫で下ろした。そんな風に半クラッチにしたままトラックを数メートルゆっくり走らせ、信号機のそばにきたところで右に寄せてようやく停車した。

セグーラは勝ち誇ったようにウィンドーを降ろし、車を寄せてできた隙間を後続車が走り抜けていくのを見届けようと窓から顔を出した。ところが、目に入ってきたのは、(先ほどトラックに衝突しかけて危うく死ぬところだった)すぐうしろの車のドライバーの怒り狂った顔と、笑い転げながら嬉しそうに事の成り行きを見守っているカフェテリアの客の顔だけだった。このままではほかの車がトラックの横をすり抜けて先へ進めないと気づいて、セグーラは何とも情けない気持ちになった。そこでトラックをもう少し右に寄せようとしたが、とたんに野次馬のひとりがそんなことをしたら俺の車がおしゃかになるじゃないかとわめきたてた。どうやら横に停まっている車の持ち主のようだった。

背後から聞こえてくるクラクションの音と怒声がさらに大きくなった。信号はすでに青に変わっていたので、それに気づいたドライバーや通行人、野次馬がセグーラに向かって早く行けと声をそろえてわめきたてた。けれども、運転席に座った彼の心臓は張り裂けそうなほど激しく鼓動し、身体が硬直したようになって動くに動けなかった。バックミラーに目をやったセグーラは、ほかの車のボディとマフラーにはさまったようになっている自分の車を目にしたが、その車はいま道をあけるのを待っている後続車に閉じ込められていた。彼はふと、自分もわめきたて、クラクションを思い切り鳴らしたくなった。

しかし、何とかこらえた。目を閉じ、歯を食いしばってクラッチに載せていた左足をもう一度ゆっくり持ち上げた。トラックを運転しているのが自分ではなく、別の人間のように思え、ほとんど気づかないうちに信号を通過して（ちょうど信号が赤に変わるところだった）、何とか矢印の指し示す方向にハンドルを切った。ふたたび道路に日をやったセグーラは固まったようになった。目の前にあるのは見たこともなければ通ったこともない道ではなかった。それどころか、勤め先の銀行からの帰途にいつも通っている道だったのだ。それにしても、トラックの運転台にのぼり、ハンドルを握って驚くほど狭く感じられるオルドーニョ二世通りを見渡して、午後三時五分前の市内の目抜き通りを数え切れないほどの車とバスが走っていることに仰天した。

ひっきりなしにクラクションを鳴らしている何台かを含めてすべての車が、信号がすでに赤に変わっているのに強引に割り込み、セグーラが右側車線に入るためにトラックの鼻先を突っ込もうとしていう隙間に入り込んできた。クラクションの騒音がますます大きくなっていった。エンジン音が通り全体に響きわたっている中、セグーラはほとんど手探り状態で何とかハンドルをもとに戻し、前を走る何台かの車をひっかけることもなく右側車線にトラックを入れることができた。しかし、もはや彼の耳は何も聞いていなかった。というか、いくらクラクションを鳴らされようが、どうでもよかったのだ。目がかすみ、心筋梗塞になりそうだった。数メートル進んでバス停のそばを通過して、ようやく次の信号で停止した。そこでトラックから降りて、放置しようと心に決めていた。クラクションを鳴らしたければ、好きなだけ鳴らせばいい。トラックの持ち主なり警官なりがやってきて、転がして行けばいいのだ。

セグーラはそう考えていた。午後三時五分前、市の中心にある信号の前でセグーラはそう考えた。しかし車から降りる前、それどころかトラックのイグニッション・キーを見つけて抜き取る前に、長蛇の列を作っている車の間から警笛の音が鳴り響き、それがナイフのように彼の心臓に突き刺さって、まっぷたつに切り裂いた。パニック状態になったセグーラの前に現れた警官が、ヒステリックな身振りで車を動かすよう指示した。セグーラは窓から顔を出して事情を説明しようとしたが、怒り狂った警官はもう一度警笛を鳴らし、両腕をふりまわして前方に進めと指示した。セグーラはふたたび事情を説明しようとした。しかし、後続車のクラクションの音はますます大きくなり、警官は罰金を科そうと警察手帳に手を伸ばした。

自分が罰金を払う必要のないことはわかっていたが、セグーラとしてはトラックを前に進めるしかなかった。警官の方を見ずにそばを通ったが、警官はひっきりなしに笛を吹きながら手帳に何か書き込んでいた。長蛇の列を作っている後続車を従え、夢遊病者のようにトラックを運転しながらサント・ドミンゴ広場に入っていった。もはや自分が誰で、どこに向かっていて、トラックをどこに停めればいいかわからなかった。

もちろんサント・ドミンゴ広場に駐車できるはずはなかった。あそこには隣接するすべての通りから車が流れ込んでくるので、駐車スペースなどなかった。ほかの車に二度ばかり軽く接触し、三台か四台の車の横っぱらをこすっただけであの車の海を通り抜けることができたのだから、考えてみればかなり運がよかった。ギアをつねにファーストに入れたまま膝をがくがくさせながらアンチャ通りに入っていった。信号機を通過するときに老人を轢きそうになったが、セグーラはまったく気づいていなかった。老人は目の前の信号がすでに青に変わっているのに、真っ青な顔でその場から動けずに突っ立っていた。セグーラはギアをファーストに入れたままゆっくり進み、トラックを乗り捨てて家に逃げ帰るのに適当な場所はないかと、あたりを物色した。

しかし、手遅れだった。ホテル・パリスの近くまできたとき、セグーラの耳に突然遠くから近づいてくるサイレンの音が飛び込んできた。救急車だろうと思ってバックミラーをのぞいたとたんに、大声でわめきながら歩道を走ってくる男の姿が目に入った。

「泥棒！　車泥棒だ！　トラックを止めてくれ、乗り逃げされたんだ！」

それを聞いて、セグーラは気を失いそうになった。心臓が凍りつき、そのままハンドルの上につっぷして息絶えるのではないかと思った。しかし、そんなことになるはずもなかった。死ぬことも、トラックから降りることも、むろんトラックの所有者に向かって、まさかこんなことになるとは思ってもいなかったんですと説明することもできなかった。そこで彼はアクセルをふかすと、（クラッチも同じように踏み込もうとは考えずに）手探りでギアをセカンドに入れた。とたんにすさまじい轟音を上げて急発進したので、あとを追ってきた人たちはてっきりトラックが爆発したのだと思って、足を止めた。

大聖堂に着くころ、セグーラはすでに四台の車をひっかけていた。一台は飛ばされて民家にぶつかり、もう一台は二つの道路標識の間にめり込んでいた。残りの二台は歩道の上でぐるぐる回転していたので、驚いた歩行者は近くの家の玄関先に逃げ込んだ。しかしセグーラはそうしたことにまったく気づいていなかった。もちろん、自分の運転するトラックが自転車をぺしゃんこにしたことにも気がつかなかった。自転車に乗っていた人は、（走行中の自転車から飛び降りて）あやうく命拾いした。セグーラの耳には自分を追いかけてくるサイレンの音と、運転というよりも、操縦しているという方がぴったりするトラックの轟音にまじってかすかな——はるか遠くのかすかな——音しか聞こえなかった。

カーニョ・バディーリョ通りまで来ると、追いかけてくるサイレンの音が複数になっていた。セグーラの耳にも届いていたが、どのあたりで鳴っているのかよくわからなかった。車を停めて様子を見る余裕などなかった。狂ったようにトラックを走らせながら、あちこちで車をひっかけ、行く先々で人をパニックに陥れていた。頭の中では自分の家のある通りについたら、トラックから飛び降りて子供のように家のバスルームに隠れよう、とそればかり考えていた。エルサと親戚の者には、銀行を出たとたんに身体の具合が悪くなり、帰りがこんなに遅くなったのだと言い訳しよう。

しかし、そんな時間はなかった。家にたどり着けなかったのだ。セグーラが銀行からの帰りに毎日立ち寄ってワインを一杯引っかけている、サン・フアン通りのバル・モンテカルロの前で、パトカーのサイレンに追いつかれた。一台は左側の、坂の上の通りから突然現れ（あのような状況にあっても、セグーラは警察車両が一方通行の道路を逆走してきたんだと考えるだけの余裕があった）、もう一台はセグーラのトラックにぶつかりそうになりながらもその前で斜めに停まり、後方から来た最後の一台は、セグーラが自分の前で斜めになって停車したパトカーにぶつからないように急停車したときに、同時にブレーキをかけて辛くも停まった。

警官に逮捕されたとき、セグーラは両手で顔を覆い隠そうとしたが、抵抗はしなかった。通行人が物珍しそうに眺め、セグーラのことを以前からよく知っているバル・モンテカルロの常連客と店の主人が自分の目が信じられないといった顔で茫然と眺めている中、彼は警察車両にのせられた。時間は午後三時だった。

ちょうどその頃、彼が手錠をかけられた場所から二ブロックも離れていないところで、妻とアルゼンチンからやって来た親戚の者たちが、待ちくたびれて食事をはじめた。

腐敗することのない小説

それまで生涯をかけて詩作に励んできた詩人トーニョ・リャーマスは、生まれ故郷の村で曾祖母の遺体が掘り起こされた日に小説を書こうと決意した。

彼は自分の不撓(ふとう)不屈の精神力を固く信じ、揺るぎない粘り強さと自己犠牲の精神で三十年以上ひたすら抒情詩を書き続けるという、孤独と忍耐力が求められる仕事をつづけ、その作品は巨人キュクロープスにも比されるほど膨大なものになった。何百、何千もの韻文と詩が、熱情に駆られ、苦悩のあまり眠れぬ夜にトーニョ・リャーマスの熱っぽい筆先から生まれてきた。また、それよりもはるかに多くの作品がバルや居酒屋で、作者の名が知られることなく消えていった。幸運の女神はついに彼に微笑みかけなかった（日の目を見たものといえばたった二冊の小さな本だけで、ひとつは一九六七年に出た『冷戦のためのバラード』である。この作品のせいで彼は五千ペセータの罰金を科せられ、向こう見ずにもこの詩集を刊行した雑誌社は発行停止の行政処分をくらった。もう一作の『夜明けはまだ来ない』はタイトルから推測されるように、目くるめくばかりの絶望感に満ちた詩集で、執筆後何年もたった一九八四年にようやく出版された。青春時代、共に危険を冒したかつての仲間のほとんどは、権力に擦り寄ったせいか突発性健忘症に見舞われてあの詩集を黙殺した）。しかし、トーニョはくじけることなく詩作をつづけた。批評家たちが何と言おうが、そんなことにかかわりなく、私は彼が真に読まれてしかるべき今世紀を代表する数少ないスペインの詩人だと確信している。

トーニョ・リャーマスは源泉（もちろん、私が言っているのは文学的なそれである）となるものが枯渇したために、叙情的な芸術の社会的、個人的な働きを信じられなくなったのだが、彼が数々の不運をもたらした詩という友連れを見限って小説に乗り換えたのは、そのこととかかわりなかった。ちなみに、いま述べた不信感に関してわれわれ詩人の多くは非難の声を上げた。トーニョ・リャーマスが詩から散文に鞍替えすることにしたのは、自分の曾祖母の遺体がまったく腐敗することなく墓から掘り起こされたというニュースに接して強い衝撃を受けたからで、そうとわかって直ちにこの出来事を語るには、テキストそのものとは無関係な、客観的な第三者の声、それに確固とした物語的構成が求められると確信したからなのだ。

曾祖母ルシーラ（詩人トーニョ・リャーマスの母親の母親のそのまた母親）は今世紀はじめに八十歳で亡くなった。四人の娘をこの世にもたらし、二人の夫をあの世へ送ったあと、生まれてから死ぬまで暮らした村の墓地の片隅で心正しき人として永遠の眠りについた。新たに遺体（川に身を投げたものの最後になって命が惜しくなり、木の幹にしがみついたまま後悔の念に駆られつつ溺れ死んだ男のもので、その恰好だと死後も誰彼なしにしがみつこうとするだろうというので、両腕を後ろ手に縛って棺に納め、曾祖母の横に埋められた）を埋葬するために五十年ぶりに墓を掘り起こしたところ、羽根みたいに軽く、まったく腐敗していない曾祖母ルシーラの傷ひとつない遺体が出てきた。その顔にはほほ笑みがたたえられていたが、生前の曾祖母を知っている人たちの話では元気な頃に浮かべていた笑みと少しも変わらなかったとのことである。

曾祖母の遺体が掘り出されたとき、トーニョは現場に居合わせなかった。まさかそのようなことが起こるとは誰も予測していなかった。その出来事があったのは十月のある日のことで、彼が自動車教習所での夜間の授業を終えて家に戻ると、母親から電話がかかってきて、そのことを知らせてくれた。信じがたい話を聞いたトーニョは、早速その夜遅くに車を走らせて故郷の村へ向かい、明け方に到着した。まさか彼が帰ってくるとは誰も思っていなかったが、親族は全員集まっていた。

その日の朝は、親族や近所の人たちが絶えず出入りして、あわただしく過ぎていった。まったく前例のない、説明のつかない出来事だったので、誰もがショックを受けていた。曾祖母の遺体がふたたび家の中に安置されているかのように、みんなはダイニング・ルームでひそひそ立ち話をしていた。以前から廊下に曾祖母の古い肖像写真が飾ってあり、食堂に出入りするときにその前を通るのだが、そのときは誰もが恭しく、あるいは不安そうに十字を切った。とりわけ女性がそうだった。喪服姿の曾祖母は写真の中から、昔と変わらないほほ笑みを浮かべて、じっと動かずにこちらを見つめていた。

正午頃に新聞記者が二人やってきた。地方紙の記者で、家と五十年前から曾祖母ルシーラが永遠の眠りについている墓地の写真をとっていた。曾祖母は今後の措置が決まるまでの間、墓地にもう一度埋め戻された。

翌日の新聞のトップ紙面を「ビリャシダーヨのミステリー。よみがえる死者」という派手な見出し記事が飾った。おかげで、物見高い連中がどっと村に押し寄せ、さらに大勢の新聞記者もやってきたが、今回の特異な事件に関しては誰もが自分の見解を口にした。このようなことが起こったのは、土が粘土質で非常に保水力が高いせいだという人もいれば、逆に、植生に原因があるという人もいた。また、あの墓地は二つの小山にはさまれている上に、石積みの高い塀があり、通気が悪いからこういうことが起こったのだという人もいれば、そうじゃない、寒冷地だから遺体が腐敗しないという奇妙な現象が起こったのだという見方をする人もいた。その頃にトーニョが集めた新聞記事（後に、彼は小説の中でそれらの記事に関して皮肉っぽいコメントを加えることになる）の中には、ラス・サリーナスの事例に触れているものもあった。スペインで唯一墓地のない土地として知られるラス・サリーナスはイビーサ島［地中海のバレアーレス諸島の島のひとつ］にある。そこは島の有名な岩塩坑（ラス・サリーナス）のそばに位置しており、そのせいで土に多量の塩分が含まれていて、遺体を埋めるとまるで塩漬けの魚のようにこちこちに固まって、腐敗することなく自然保存される。そのことが判明したために、墓地が撤去されてしまったのだという人もいた。しかし、あの墓地にまつわる長い歴史を調べてみて、トーニョの曾祖母のように遺体が腐敗しなかった例はひとつもないことが判明し、とたんに上に挙げたような理論はひとつ残らず崩れ去った。

そんなわけで、親族や近所の人たちの間から、あの人は聖女だったのだという声が大きくなりはじめた。もっとも、曾祖母のことを覚えている人はごくわずかだったし、そうした考えを裏付けるような資料や証言もほとんどなかった。しかし、他にこれといった理由が見つからなかった上に、死もついにあの穏やかな笑みを奪い取ることができなかったというので、家族の者は、きっと故人が聖女として生き、死んでいったからこそ死後も遺体が腐敗しないという信じがたい不可思議なことが起こったのだと確信するようになった。あの出来事をめぐって騒ぎがもちあがり、とりわけビリャシダーヨ周辺に実にさまざまな超心理学者や幻視家が出没するようになった。それまで距離をおいて懐疑的な態度で沈黙を守っていた司教区も事態を重く見て、村の教区司祭ドン・フルヘンシオの補佐をするようにと超常現象に詳しい司祭を村に送り込むことにした。トーニョや近所の人たちは鼻で笑っていたが、村の人たちはこれで真相が明らかになるだろうと胸をなで下ろした。

その司祭はたまたまトーニョと神学校時代の同窓生だったが、サッカーがうまかったということしか記憶になかった。村に二日間滞在しただけのその司祭がしたことといえば、遺体を自分の目で検分し（おかげでもう一度遺体が掘り起こされることになった）、家族から故人のことを聞き取っただけだった。その後、墓地の土のサンプルをいくつか町に持ち帰った。数日経ってドン・フルヘンシオのもとに、あちこちに判が押してあり、ラテン語交じりの言い回しが並んでいる司教区からの手紙が届いた。いろいろな注意や忠告が並んでいるその手紙によると、遺体はもとの場所に埋め戻し、百年後に掘り起こすように、そのときも遺体がまだ腐敗していないようなら、直ちにもう一度調査をするので遅滞なく報告するようにと書かれてあった。

司教区からの手紙で謎が解明されたわけではないが、おかげで村人たちは多少とも落ち着きを取り戻した。新聞記者たちは百年も待っていられないといって、さっさと引き上げた。超心理学者たちもあとを追うようにして姿を消したが、彼らにとって宣伝は二義的で必要ないどころか、欠かすことのできないきわめて重要な条件でもあった。それがなければ滞在する意味がなかったのだ。トーニョが調査をはじめたのは、そうした連中が姿を消してからである。

あれから長い時間が経ったが、トーニョが本当に何を発見したのかは今もってわからない。彼は何年も夏の休暇を潰し、さらに司教区の古文書館にもぐり込んで途方もない時間をかけて調査を行った。そうした調査をもとに彼がその後書き続けた小説をのぞかない限り、そこからどういう結論を導き出したのかは知りようがない。腐敗することのない曾祖母と題されたその作品はまだ出版されておらず、今も腐敗せずに残されている。小説の内容に関して私が知っているのは、トーニョがいつだったか私の母親に話したことだけである。母は彼にとって最上の、そしておそらくはたったひとりの読者だった。といっても、母が彼の作品を読んでいたという意味ではなく、家に遊びに来ると、いつも母は彼を招いておやつを一緒に食べていただけだった。

小説のプロットになっているのは、どうやら作品の中で悪魔の司祭にして弁護人になっているトーニョが、あの不可思議な発見をもとに行う調査と思われるのだが、聖性を証明する奇妙な出来事は捏造であり、ペテンなのだと言い切っている。世界史に出てくる聖人の年代記の特徴である、その存在そのものが疑わしく、美徳までが眉唾ものでしかない聖者列伝の中に、腐敗することのない曾祖母をそのひとりとして組み込もうとしたのだろう。しかし、一方でこうした伝記では宗教的な、それゆえに教育的な効用が文学的な奨励や文体よりも重んじられるきらいがあるが、リャーマスの小説では文学的な動機が主体になっている。つまり、ここに登場する老婆たちは品がなく、窓から空へと飛び出していくし、曾祖母のルシーラはラテン語だけでなく、（たとえば屋根の上に登ってヴィヨン［フランソワ、一四三一?〜一四六三年以降。フランス中世を代表する抒情詩人。放蕩無頼な生涯を送ったことでも知られる］やウィリアム・ブレイク［一七五七〜一八二七。イギリスの詩人、画家。独自の神話的世界と人物を創造したことで知られる］の詩を朗読するといったように）そのほかめったに耳にすることのない奇妙な言語を話す。男たちはギリシア悲劇に登場する合唱主席歌手であり、動物は人語をしゃべり、赤毛で好色な司祭たちはひとり残らず女の尻を追い回す。そうした幻想的な光景の中に登場するのはブリキ職人、人形つかい、ロマであり、また巡業で各地を回る芝居小屋では定番の出し物『ジュヌヴィエーヴ・ド・ブラバン』［中世民間伝説の女主人公］が舞台にかけられる。その奥の、小説の背後に潜んでいるのは、恐怖と無知、そうした石の中にしっかり根をおろしている宗教的な世界、魔術、それにキリスト教神秘主義とが渾然と融け合ったきわめて冷酷な母権制の肖像画といったものにうかがえる仮借ない批判によって苦しめられた、スペインの暗いプロフィールのひとつだろう。また、母権制の世界では女たちが、種馬として仕えることが人生におけるたったひとつの運命だと思い込んでいる男たちの背中にまたがっている。それはトーニョの調査が明らかにした最初の発見と決して無縁でない、無慈悲な肖像画にほかならない。つまり、聖女の候補にのぼったすべての女性の子孫と独身女性の子孫はもちろん、加えて彼女自身が生み落とした二人の子供もまたそんな風に、一族の歴史の端緒を開くことになったのだ。曾祖母が自分の遺体を掘り起こした人たちをにこやかな笑みを浮かべて迎えたのは、おそらくそのせいだろう。

トーニョ・リャーマスは十五年という長い年月をかけて、一九七五年、ついに小説を完成させた。十五年間熱に浮かされたように執筆し続けたが、その間に『夜明けはまだ来ない』の著者は命懸けで自分自身の個人的な記憶だけでなく、とりわけ一族の人間の、長年埋葬されていたのに腐敗することのなかった記憶の中に踏み込んでいった。駆け出しの作家は誰もがそうだが、夢中になりつつも一方で論理的な思考を失うことはない。しかし、トーニョの場合は語る話が身内に関わることで、しかも思い入れが強く、こだわりがありすぎたために、小説を書く際に登場人物たちの名前を変えなかったのだが、そのせいで結局彼は自ら墓穴を掘る羽目になった。

何とか作品を書き上げてタイプライターで打ち込んでいるときに、トーニョは物語の内容がいかにも実際にありそうなことなので、長すぎる（八百ページを超えていた）という出版上の問題以上にやっかいなことになってしまったことに気づいた。というのも、「ここで語られていることが現実にあったこととどれほど似通っていようとも、単なる偶然の一致でしかない、と著者はここではっきり申し上げておく云々……」といったよくある断り書きをテキストの冒頭に入れたところで、村の人間は誰ひとり信じはしないだろう。細部はもちろん、語られるエピソードもたしかに常軌を逸してはいるが、それと同じ出来事が別の土地で起こったとしても不思議ではない。だが、ルピシニオ、エドゥビヒス、エビラシア、ルシーラ、あるいはバシリーサというのはどこにでも転がっている名前ではないし、ましてやその名前の人物たちが一堂に会しているとなると、これは想像力の問題だといって片づけるわけにはいかないだろう。村人にしても、自分たちと同姓同名の人物が次々に登場してくるのを見るのは決して愉快でなかったはずだ。小説に出ているぞ、などと言われたら、決していい顔をしなかったにちがいない。しかしトーニョには、人物の名前を変えたりしたら、作品そのものが破綻してしまうことがわかっていた。ましてや、別人に変えるというのは論外だった。小説において一般に行われているのとは逆に、エドゥビヒス、エビラシア、ルシーラ、あるいはルピシニオという名前は、トーニョ・リャーマスが単なる思いつきで選んだものではなく、物語全体を支える隅石であり、それゆえ動かすことのできないものなのだ。

トーニョは夏のバカンスに帰郷するのを何よりの楽しみにしていたが、その際に不愉快な出来事が起こるのではないかと懸念して、状況が好転するまであの小説を当面公表しないことにした。登場人物はほとんどが高齢だったし、健康状態も良くなかったので、この先そう長く生きることはないだろうと考えたのだ。一方で、彼がひどく嫌っている実験主義的な小説の流行もそのうちおさまるだろうと踏んでいた。当時の彼は、口承の伝統と魔術的リアリズムの二股をかけて小説を書いていたが、出版社はまったくといっていいほど興味を示さなかった。

最初のうちは時間が彼に味方した。四、五年経つと実験小説が読者にそっぽを向かれて姿を消した（指導的な連中が、伝統的な小説はすでに死に体になっていると断言したあとのことである）。さらにまた、バシリーサ、エドゥビヒス、エビラシア、それにドン・フルヘンシオ自身までが、彼の書いた作品を一行も読むことなく、また自分たちがこの上なく実験的な作品の登場人物になっていることも知らずにあの世へ旅立っていった。トーニョはその間、殺し屋よろしく彼らの名前を一つひとつ消していったが、最後にルピシニオだけが残った。

知的障害があり言葉がしゃべれないルピシニオは、ネアンデルタール人のような頑丈な顎をしていた。トーニョがいちばん恐れていたのがこの男で、勇気があれば思い切って抹殺していたにちがいない。しかし、ルピシニオはこれまで人を困らせるようなことを一度もしたことはなかった（それどころか、みんなから笑い者にされているというのに、つねに人の助けになりたいと思っていた）。しかし、外見が見るからに恐ろしい上に、小説の中でぞっとするような役回りをふり当てられていた（つまり、金をもらって近所の女たち、この女という言葉の中には人間と交合できる雌牛、雌羊をはじめとするすべての動物も含まれていたが、そうした女たちの種馬役を果たしていた）せいで、トーニョはあの男からいつか恐ろしい仕返しをされるにちがいないと勝手に思い込んでいた。しかし、ルピシニオは簡単には死にそうになかった。八十歳を超えているはずだが、頑健そのもので、エネルギッシュに動き回っていた。小説に出てくるルピシニオはそれまでずっとセックス漬けの生活を送ってきたので、もっと老いさらばえているはずだった。

トーニョは何年もの間小説を公表せず、あの男が死ぬのを空しく待ちつづけた。毎年夏のバカンスの時期になると帰郷していたが、家に戻って親族に挨拶する前に、まず村をひとまわりしてルピシニオの口が永遠に閉ざされたかどうか確かめた。しかし、村に着いて真っ先に目に入ってくるのは決まってあの男だった。玄関先の椅子に腰を掛けていることもあれば、背中で手を組んで通りを散歩しながら、通りがかりの人に自分の強靭な顎を見せつけようとするかのように新石器時代人を思わせる笑みを浮かべて挨拶していた。その顎はまるで、わしは絶対に死なんぞというゆるぎない決意を表明しているように思われた。そのうちトーニョは、ルピシニオが自分の考えを見抜いているのではないかと不安になりはじめた。いずれにしても、最近ではあの男に関する思い込みが強くなりすぎたために、村に帰って彼の姿を見かけたとたんに、実家に立ち寄って家族の者に挨拶することもなく、あわてて車の向きを変えて引き返すようになった。

曾祖母と唖者（一方はすでに死んでおり、もう一方はまだ生きているが）の二人がいまだに腐敗していないのに、自分の小説の方は引き出しの中で腐りはじめているように思えて、トーニョ・リャーマスは絶望感に襲われた。そこで彼は、一九九〇年の夏に最終的な決断を下した。つまり、ルピシニオをこの世から消し去ってしまおうと考えたのだ。何日もの間いろいろな方法を模索したが、何しろ経験がなかったので（実を言うと、トーニョ・リャーマスがとんでもないことを思いつくのは、文学の中でだけだった）、結局より簡単と思われる方法を選ぶことにした。つまり、ハイウェイでルピシニオを待ち受けて、彼が背中で手を組んで歩いてくるのを見かけたら、車を急発進させてひと思いに轢き殺してしまおうと考えたのだ。しかし、事はそううまく運ばなかった。ルピシニオは片方の腕を骨折しただけで、命拾いしただけでなく、そのときのショックがもとで口がきけるようになったのだ。

トーニョ・リャーマスはそのまま姿をくらまし、以後その消息が知れない。その後彼を見かけた者はいないが、何人かの人の話では、アストゥリアス地方のどこかに身を潜め、そこの自動車教習所の先生をしながら別の小説を手掛けているとのことである。作品は、文学は腐敗しないというテーマの完全な実験小説で、ピリオドやコンマはもちろん、プロットも構成もない——それに登場人物もまったく出てこないとのことである。

夜間犯罪に対する刑の加重情状

ぼくの友人のタチョ・ヘティーノは気がよくておっとりした性格なので、何か理由があるか、挑発されない限り、決して人に危害を加えることはない。にもかかわらずスペインの長い裁判史の中でも、ぼくの知る限り夜間の犯罪に対する刑の加重情状の罪で罰せられた唯一の人物である。こう書くと、通常罪を犯したのがたまたま夜だったために、刑が重くなると受け止められがちだが、彼の場合は夜起きていること自体が主たる犯罪行為とみなされたのだ。むろん判決文にはそのように書かれていない（具体的に言うと、不敬罪である）。判決文を読み上げた裁判官は明らかに、タチョには夜更かしをしてとんでもなく遅い時間に眠るという矯正しがたい性癖があるが、それが問題なのだと言わんとしたのだろう。

彼の名前はルイス・エステーバン・ヘティーノ・フェルナンデスというが、われわれ友人は冒頭に書いたようにタチョと呼んでいる。彼は物静かでしかも心の広い人物である。言うまでもなく（女と賭博、アルコールなどが大好きだという）誰もが身に覚えのある悪癖を抱えている上に、さらにもうひとつ、厳密に言うと個人的というほかはない弱点まで備わっている。ごくありふれているが、それが夜更かしである。タチョは成人になってから、午前三時前にベッドに入ったことはないのだ。

あまりまっとうとは言えない生活を送っていたが、それでもタチョは理想主義的な考え方に惹かれていたし、目の前には輝かしい未来が開かれていた。父親とその兄弟は全員が医者で、ありがたいことに市内でも指折りの名門校に通っていた。大学に進学するまで、タチョは模範的な息子だった。ある朝、大学でさまざまなタイプの昆虫について講義している女性教員の話を聞いているうちに（一族には医者が多かったが、タチョは生物学を学んでいた）、研究のために標本にした昆虫や瓶の中のホルマリン漬けにした昆虫を含めて、世界中にいるどの昆虫よりも――たまたま自宅近くに住んでいた――女の先生の脚の方が興味深いことに気づいた。

そのあとすぐに同級生の女の子たち、とりわけ赤毛の女の子の脚に注目するようになった。みんなに注目されたいものだから、彼女はいつも授業に遅れてやってきたが、そのスカートの丈は日に日に短くなっていき、この分なら親しくなれそうに思われた。タチョは彼女と仲良くなろうとして、ある日教室を出たところで、中で昆虫が騒がしく飛び回っている瓶を抱えて待ち受けた（そのときの経験に懲りて、以後二度とそのようなことをしなくなった）。赤毛の女の子はまるで昆虫でも見るような目で、彼を頭のてっぺんから足先までじろじろ見たあと、サングラスをかけたにやけた男がもたれかかっているコンバーティブルに乗り込んだ。

（答案の中には堂々と胸を張って書いたものもあれば、冷や汗交じりで書いたもの、人の書いたものを写しただけのもの、カンニングしたり、人に書いてもらったりしたものもあったが）タチョはどうにか課程を修了した。何人かの女の子の脚をすでに愛撫していたし、いっぱしのギャンブラーにもなっていた。実を言うと、ツキには恵まれなかった。彼にとって賭博は心の奥に深く根を下ろした、容易に抜き去ることのできない天職のようなものだった。その頃になると昆虫や植物には見向きもしなくなっていたし、さらにそれまで長年熱心に練習に励んできた二種類のスポーツにも興味をなくした。ひとつがスキーで、子供の頃、兄のスキー板を使って家の廊下でよく練習をしたものだった。もうひとつのテニスの方は、努力の甲斐あってある年に開催された社交クラブ主催の初級者向けの選手権で準優勝した。スキーの方は早々にやめてしまった。というのもスキーヤー用のバスに乗るには朝の六時に起きなければならないが、その頃すでに夜更かしが習慣になっていたので、そんな時間に起きることができなかったのだ。テニスの方は、社交クラブのプールまで降りて行けば、日光浴をしている若い女の子を眺められるという楽しみもあったので、しばらくつづいた。しかし、ある朝いつものように身体中にテープを巻き、リストバンドをしてコートに降りていったのだが、前夜一睡もしていなかったのが祟って、三回ばかりラケットを振ったところで失神し、その上、手入れの行き届いたきれいなセンター・コートの上に前夜に飲んだ酒をもどしてしまい、以後二度とラケットを握ることはなかった。

　そのままであれば、タチョは地方のこぢんまりした主都にゴマンといる良家の道楽息子として何不自由なく暮らせたはずだが、途中である女と遭遇したばかりに身の破滅を招く羽目になった。

　その頃タチョは自分自身の水飲み場、つまり居酒屋（バル）の主人に収まっていた。店はエステという名前だったが、目の前にベルリンという店があり、それに対抗して自分の店に無音のHをつけてエステ Heste〔スペイン語の este は東を意味していて、そのままでは向かいの店と合わせると〈東ベルリン〉になってしまうので、Hを頭につけた〕という名前にした。死のようにしんしんと冷え込む、これと言ってこともない十二月のある夜、そろそろ店を閉めようと思って彼はカウンターの隅で忙しく立ち働いていた。その夜も何事もなく過ぎていた。そこへ突然、若い女がやってきた。彼女がカウンターにもたれかかっていたのはふだんからの癖ではなく、立っていられなかったのだ。店を閉める前に最後の一杯だけ飲ませてほしいと駄々をこねた。先ほどかけたレコードのジャケットが見つからなかったので、山のようにあるジャケットの中から捜し出そうと躍起になっていたタチョは、最初返事もしなかった。しかし、若い女はしつこく食い下がり、最後には懇願口調になった。彼女はさらに感情を高ぶらせ、頭に血が上ったせいで足を滑らせたが、そのはずみでカウンターの手の届くところにあったグラスをひとつ残らず払い落としてしまった。しかしタチョを本当に怒らせた原因はそれではなかった。本当に怒らせたのは——そして、それがもとで彼女を絨毯のように店から引きずり出し、その頃には雪が降り積もって冷たく凍てついた路上に放り出したのだ——、女がグラスと一緒に彼が途中まで指していたチェス盤を下に落としたことだった。チェスの相手は一番の上客で、税務顧問でもあるミチェーロだった。彼とは毎晩のように何番もチェスを指したが、一度も勝ったことがなかった。今回はじめて勝てそうな展開になっていたのに、そのチェス盤を落とされたものだから、思わずかっとなったのだ。

夜にはそういった事件がよく起こるのですぐに忘れてしまい、結局いつものようにミチェーロを相手にチェスを指し、またしても負かされた。そのあと店を閉めたが、他の店も後を追うようにして閉めはじめた。

ところが、翌日彼のもとに出頭命令が届いた。店を閉めたあと彼はポーカー賭博をしたが、メガネ以外の金目のものをそっくり巻き上げられた。そのあと家に戻って眠りかけたところに警官が書類を持ってやってきた。勤め先に向かう人たちでごった返している道路を、虚ろな目をしたタチョはおぼつかない足取りで警官と一緒に警察署に向かったが、所轄の署は自分の店のすぐとなりだった。署内に入ったものの、まだ事情が呑み込めなかった。頭が禿げ、目の玉が飛び出しそうな男が彼に次のように言ったが、その生白い肌を見て、一度も陽射しの下に出たことがないのではないかと思った。

「あなたは暴行のかどで告発されています」

「何ですって？」

「今申し上げた通りです。反論があればどうぞなさってください。はい、ここにサインして」

警察署の電気スタンドがまぶしかった上に、眠気と身体に残っているアルコールのせいでメガネがかすんでしかたなかったが、そのレンズ越しにタチョは何とか告発状に目を通した。それによると、水泳の先生をしているカミーノ・セビリャーノとかいう名前の独身の成人女性が、自分の方から挑発的な行為をしてもいないのに、殴られた上に地面の上を引きずられたと供述していた。その告発状には性的迫害を受けたとも書いてあったが、タチョはそこを読んで、自分はセクハラで訴えられているのだろうかと真っ先に考えた。

タチョは当惑しながらも自分の視点から見た事実関係を警官に話したが、そのとき自分にとってチェス盤がいかに大切なものであったかを強調しておいた。そのあと供述書にサインし、退出許可がでるまでしばらく待って帰宅した。その間彼は、目が覚めたとたんに霜のように溶けてしまう悪夢を見ているような気持ちになった。

しかし、それから二、三週間してまた出頭命令が届いた。今回は裁判所からで、供述書をとるので明日の午前九時三十分に出頭するようにと書かれてあった。どうせ警察と同じものが来たのだろうと考えたが、目を通してみると暴行に関する言及はあったものの、幸いセクシャルハラスメントに関しては何も触れられていなかった。

その夜タチョは、供述する際に頭をはっきりさせておいた方がいいだろうと考えて、早めに（つまり店を閉めるとすぐに）寝ようと固く心に誓った。さらに妻のマリーサに、シャワーを浴び、朝食をとってから裁判所へ行くので、目覚まし時計を朝の九時に合わせておいてほしいと頼んでおいた。しかしその夜、友人のハブートがひょっこり店に顔を出した。彼は現在イビーサ島に住んでいるのだが、母親に会うために戻ってきたついでに店に顔を出したのだ。そこにミチェーロが加わって、マリファナ入りのタバコを吸ったり、チェスを指したりしているうちに気がつくと朝の八時になっていた。家ではなく、クルセーロ通りにある揚げパン（チューロ）の店で朝食をとった。ハブートは結局母親の家に顔を出さなかったし、タチョも家に戻って目覚まし時計を止めるだけの時間がなかった。

ミチェーロとタチョは九時に鉄道の駅でハブートを見送った（マドリッド行きの列車は九時一分発だった）。タチョはその後裁判所に向かった。ミチェーロは税務顧問をしていたが、今日は緊急の案件がないのでゆっくり休ませてもらうよ、と言って家に戻っていった。

タチョは一時間以上待たされた。廊下の椅子に腰を掛け、目の前を通り過ぎていく裁判官や弁護士を眺めながら、タバコを半箱ばかり吸った（場所が場所だけに、さすがにマリファナ入りのタバコには手を出さなかった）。指定された時間から一時間たった十時三十分に、誰かがまるで刑の宣告でも下すように大声で彼の名前を呼んだ。

薄汚れた部屋で近視の書記が告発状の全文（それは警察署で目を通したものと一字一句違わなかった）を読み上げ、ついでもう一度彼の供述をとった。タチョは机の前に立ち、あのときの経緯を自分の視点からふたたび説明したが、途中で気が遠くなり、膝は震え、その上どう説明していいかわからず不安のあまりそのまま眠り込んでしまいそうになった。何とか供述を終えると、近視の書記が証紙の貼ってある書類をタイプライターから引き出し、鉛筆と消しゴムで修正した後、サインするように言った。警察署に呼ばれたときと同じように、家に戻る前にサバリンに立ち寄ったが、今回はコーヒーを一杯ではなく、二杯飲んだ。

二十日後にまた出頭命令が届いた。それまで何の連絡もなかったので、タチョは裁判所のことをすっかり忘れていたし、その点は裁判官も同じだろうと考えていた。しかし、現実は彼の考えていたほど甘くなかった。その夜、ミチェーロとチェスを指したが、最初の一番でクイーンを捨て駒にして勝利を収めたミチェーロが、裁判官というのはブルドッグみたいなもので、一度獲物に食らいついたが最後、皮一枚でもいいから噛み千切らないかぎり離してくれないぞと言った。

タチョは次の日ふたたび裁判所に足を向けたが、自分が裁判官の気まぐれで運悪く目をつけられた哀れなノロ鹿になったような気がした。彼はいったん家に戻ってシャワーを浴びたが、実はほとんど眠っていなかったので、せめてシャワーくらいは浴びておこうと考えたのだ。今回は午前九時に出頭するようにと文書に書かれてあった。ところが、朝の六時になってもまだミチェーロとチェスを指していた。この分なら二時間しか眠れないが、それならいっそ起きている方がいいと考えて、駅のカフェテリアで朝帰りの酔っぱらいと一緒に一杯ひっかけて時間を潰すことにした。

前回同様、今回も待たされたが、ただ前のときとちがって、名前を呼ばれて中に入ると、尋問ではなかった。不測の事態があって（それがどういうものなのか誰も説明してくれなかった）、裁判官は今日の裁判に出席できなくなった。したがって次回の尋問は次の命令が出るまで、つまり次の出頭命令が送付されるまで延期されることになったと告げられた。

「ありがたいですね」タチョはそう返事をしながら、事態は日に日に悪くなって行くようだな、と半ば自暴自棄になって考えた。

二日後の午前十時に通知が届いた。タチョはたとえ家に火をつけられても、正午前には起きないことにしていたが、郵便配達人があまりしつこくベルを鳴らすのでしかたなく起き出した。午前中に必ず出頭するようにと書かれてある通知にはろくなものがない、と彼は口癖のように言っていた。まともな通知でも、ベッドから叩き起こされて手渡された瞬間から悪い知らせに変わるから結局同じことなんだ、とよくこぼしていた。

タチョはやりきれない思いで電報を受け取ると、ふたたびベッドにもぐり込んだ。最近は裁判所と警察、それにマリーサと犬（犬の奴はうるさく吠え、マリーサはスポーツジムで使うボードで騒々しい音を立てていた）が一緒になって彼を眠らせまいと手を組んでいるように思え、この二カ月近く満足に眠れず心身ともに疲れ切っていた。

それにしてもあらゆるものが、家の者だけでなく裁判所までが手を組んで彼を眠らせまいとしていることは明らかだった。というのも、ベッドにもぐり込んで十分もしないうちに、自宅なのか隣家なのかはっきりしないが、またしてもベルが鳴ったのだ。自分の家かもしれないと思ったが、そのまま眠り続けた。先ほど郵便配達人が不愉快な通知を届けてきたばかりだったので、そんな時間にいい知らせが届くはずはなかった。集金人か物乞い、あるいは個別訪問をしているセールスマンだろう、タチョがそんなことを考えていると、またベルが鳴ったが、今回は間違いなく自宅のベルだった。やってきたのは考えうるかぎり最悪のものだった。

「おはようございます、ペンキ屋です」何度もベルを鳴らされたせいで、タチョが怒り狂ってドアを開けると、肩にはしごをかついだ禿げ頭の男が出し抜けにそう言った。

「何だって？」

「ペンキ屋です」そう言うと、パンツ姿のタチョが入っていいと言う前にずかずか家の中に踏み込んできた。

タチョは自暴自棄になってベッドに戻った。男がどこにペンキを塗るつもりなのか、誰がペンキ屋を呼んだのかといったことはどうでもよかった。おそらくマリーサの仕業にちがいない。前もって言ってくれれば、こちらも心の準備ができたのに、彼女はいつも自分勝手にことを進めていくのだ。

タチョはかまわず眠り続けることにしたが、その前に禿げ頭のペンキ屋に、どうとでも好きにしてくれ、何なら家具にペンキを塗ったってかまわない、だがどんなことがあっても起こさないでくれと頼んだ。

タチョは何とか眠ろうとした。ところがいつもより早く家に戻ってきたマリーサが、突然彼の寝ている部屋からペンキを塗るように言ったのだ。

「そっとしておいてくれ」とタチョは毛布を頭まですっぽりかぶると腹立たしそうに言った。「いまいましいこの家では、おちおち寝ることもできないのか」

「だったらちゃんとした時間に帰ってくればいいでしょう。そうすれば好きなだけ寝られるわよ」とマリーサはこのときとばかりに平然と言い放った。

タチョは抵抗しようとしたが、相手にされなかった。マリーサは最初から彼の寝ている部屋からペンキを塗ってもらうつもりでいたのだ。彼女がいったん言い出したら、逆らっても無駄なのだ(タチョが毛布の中にもぐり込んでいるというのに、ペンキ屋は家具を片付けはじめた)。彼としては部屋を出て、もっと静かな場所を探すしかなかった。

「何なら」と部屋を出るときにタチョは嫌みを言った。「ベッドにもペンキを塗っていいよ」

「それはいい考えね。近ごろあなたはあそこじゃまるで役に立たないものね」マリーサは痛烈なしっぺ返しをしてきたが、おかげでペンキ屋の前で赤恥をかかされる羽目になった。

タチョは横たえられたキリストのような恰好でソファーに横になると、ペンキ屋のわめきたてるような歌声を聞きながら眠った。どういうわけかあの種の仕事をしている人間はみんな歌をうたうのが好きだった。その歌を聞きながら眠っては目を覚ますという生活が何日もつづいた。実は先日届いた通知に、その日の十一時に裁判所に出頭するようにとあったのだが、マリーサがうっかりして起こすのを忘れていた。そのせいで、当日ペンキ屋の歌で目を覚ましたときにはすでに十一時十五分になっていた。そういうときに限って裁判官というのは狙いすましたように、先に来て待っているものなのだ。

「十一時に出頭するようにとの通知が届いているはずですが、電報を読んでおられなかったんですか？」

「すみません」とタチョは弁解した。「車が混んでいたものですから」

裁判官は彼の方を見ないで書類を読み上げると、メガネをはずした。

「奥さんが虐待を受けたといって告訴されていますが、そのことはご存じですね」と裁判官は言った。

「妻が、ですか？」タチョは口ごもりながらそう尋ねた。

「ええ、奥さんです」と裁判官は繰り返した。「奥さんの名前はたしかカミーノ・セビリャーノでしたね？」

一瞬彼はマリーサまで自分を訴えたのだろうかと考えたが、そうでないとわかってほっとした。

いずれにしてもタチョはやりきれない思いでこの二十日間ほどで三度目か四度目になる事情説明をしたが、何度も繰り返しているうちに、探偵小説に出てくるストーリーの残像のようにあのときの情景が目の前に浮かんできた。話が終わると、裁判官は事件のあったとき、彼がどういう状態にあったかについて二、三質問し、そのあと今日はこれでけっこうです、ただ、近々告訴人との対面が予定されていますので、もう一度こちらに御足労願うことになると思います、と付け足した。

対面は一カ月後に行われたが、哀れなタチョにとってそれは破滅へと向かう第一歩になった。その間タチョは裁判のことをつとめて忘れるようにしていた。まだ判決が下っていないのに、前もって有罪判決を受けたような気分になっていたのは、裁判が行われている間中ゆっくり眠ることができなかったからだった。出頭命令は次々に届くし、家に戻るとペンキ屋がいたので、二カ月以上前からいつもの半分くらいしか眠れなかった。

対面の日の朝はベッドの匂いを嗅ぐこともできなかった。その二日前がマリーサの誕生日だったので、お祝いをしようと昨年と同じように二人だけでベナビーデスへ食事に出かけた。その夜は型通りに終わりそうに思われた。このところ二人の関係がぎくしゃくしていたので、家に戻ってベッドで仲睦まじくすれば、すべてを水に流せるだろうと考えていたのだ。ところが、フェラルのあたりまで来たときに、思わぬ事態が持ち上がった。もっともタチョがハンドルを握っている場合は、しょっちゅうあることだった。つまり、ガス欠になってしまったのだ（あの月に入ってもう三度目か四度目だった）。彼はしかたなく四キロ離れたいちばん近いガソリンスタンドまで徒歩でガソリンを買いに行った。その間マリーサは犬と一緒に車の中で待つことにした。タチョは一時間をはるかに超えてようやく戻ってきたが、マリーサは今にもヒステリーの発作を起こしそうになっていた。

日が暮れているのにこんな道路に置き去りにされたのよ。犬がいてくれたからよかったものの、そうでなかったらきっと死ぬほど怖い思いをしたわ。タチョの姿を見たとたんに、彼女はそんな風にわめき、ののしりはじめた。レオンに戻るまでのあいだ彼女はずっとわめいていたが、おかげでせっかくの誕生祝いが何とも気まずいものになった。本当ならベッドでもう一度愛を蘇らせ、永遠の愛を誓うこともできたはずだが、結局は彼女がドアを力いっぱい閉めたところで幕が下りた。つまり、彼女は家に着いたとたんに、車のドアを叩きつけるように閉めたのだ。

妻の挑発的な態度を見て、タチョはバルへ行くことにした。いくぶん気がくさくさしていたし、そっとしておけばマリーサの怒りもおさまるだろうと考えたのだ。それに、彼にしてもああいうごたごたがあったあとだったので、一杯やりたい気分になっていた。

しかし、思っていたようにことは運ばなかった。夜遅くに自分の店エステに向かって歩いていると、途中でフンダシオンのオーナーのエドゥアルドにばったり出くわした。彼はウメド地区で夕食をとったあと、自分のバルで偶然同じ日に誕生日を迎えた知人の誕生パーティ（彼の知人もたまたまその日が誕生日だった）を開くことになっていたので、そちらに向かうところだった。タチョも酒盛りに引っ張り込もうとして、今夜は無礼講で、しかも料理も大盤振る舞いなんだ、と心をそそるようなことを言って誘ってきた。

パーティは一晩中つづいた上に（エドゥアルドが言った通り、何もかも申し分なく揃っていた）、翌日の昼の十二時を回ってもお開きになるどころか、盛り上がる一方だった。本当なら不運なタチョはその二時間前に引き上げなければならなかった。大いに楽しんでいる最中に——彼はまさにその日に、裁判所に出頭しなければならないことを思いだした。

そうした状況や何日も眠れなかった（しかも、マリーサと口論までした）ことを考えると、タチョが怒り狂って裁判所にとびこみ、廊下を進んで自分を告発した女性がすでに椅子に座っていることにも気づかず、待ち受けている裁判官の部屋にノックもせずに踏み込んで行ったのも不思議ではないように思われる。

「それで」と彼は口ごもりながら言った。「今回の件で費用はいくらかかるのか、それを教えていただけませんか」

「いくらかかるとは、どういうことです？」と裁判官は怪訝そうに尋ねた。

「判決のことです」

裁判官はびっくりして彼の顔をちらっと見ると、そのあと書記官と相談してこう答えた。

「検事は二週間の拘留を求めています。それと罰金が五千ペセータに、告発人への慰謝料としてさらに五千ペセータ支払っていただくことになります」

「現金で支払います」タチョは言われた額の現金を机の上に置くと、大声でそう喚いた。「それとここにある二千ペセータ、これはあなたに差し上げます。書記官とコーヒーでも飲まれたらいいでしょう。とにかく、何でもいいからぼくを眠らせてください」

そのあと返事も聞かずに、ドアをばたんと閉めて出て行った。

かつてなかったことだが、タチョはそれから何日間も眠りつづけた。それに、ペンキ屋も仕事を終えていたので、部屋はもちろん、ベッドまですっかり見違えるようになっていた。けれども、それから数日後、彼がいつになく幸せな気分にひたっているときにまたしても出頭命令が届いた。そこには法廷侮辱罪で告発されているので、裁判所に出頭し、裁判官の前で陳述するようにと書かれてあった。

遮断機のない踏切

「悪いがね」

まるで、どうだっていい、あるいは、じゃあまたな、とでも言うようにさりげない口調で彼は「悪いがね」と言った。路線課長は、悪いがね、と言い残してそそくさと車に乗り込んで走り去ったが、線路を越えるとき車を停めて最後に振り返って見ようともしなかった。

ノセードは遠ざかって行く車がカーブの向こうに姿を消すのを見届けてから、この二十年間列車が通過するたびにやってきたように踏切小屋に入っていった。それまでと同じように手にはまだ旗を握り締め、腕に制帽を抱えていた。

彼は二十年前から鉄道会社に勤務し、その間ずっと同じ場所で働いてきた。つまり貨物列車の線路がサンタンデール街道を横切っている荒野の、その真ん中にぽつんと建っている踏切小屋が勤務先だったのだ。その前の二十年間は父親が同じ仕事をしていたので、言ってみれば彼がずっとそこで働いてきたようなものだった。

父親が退職するとノセードがあとを継いだ。給料はさほどよくなかったが、ほかに働き口がなかったし、仕事もそうきつくなかった。とはいえ、列車の通過につねに注意を払って遮断機を上げ下げしなければならず、その意味では重い責任があり、しかも常時待機していなければならなかった。仕事をはじめたばかりの頃は、一時間毎に列車が通るので（当時は鉱山業の全盛時代で、近くの村にはまだ人が住んでいた）、一日中時計を睨んでいなければならなかった。少しでも気を抜くと事故が起こる可能性があったのだ。

しかし、鉱山業が衰退するにつれて鉄道の方も徐々に活気を失い、それとともに近隣の町や村から人影が消えていった。そしてついにこれ以上損失を出しつづけるわけにいかないというので、一九九一年の冬にマドリッドで路線の閉鎖が決定された。通達はだしぬけに届いた(経営状態の悪いことはわかっていたが、あのあたりに住む人たちにとって外の世界との唯一の交通手段である鉄道がなくなるとは誰も予測していなかった)。しかし、住民は反対しなかった。というのも若者はほとんどいなかったし、老人には反対運動を起こす気力さえ残されていなかったのだ。鉄道会社で働いている人たちに対して、会社の方から今回の閉鎖は一時的なもので、線路を改修すると同時に(実を言うと、三十年前に国営に移管されてからは補修工事さえ一度も行われなかった)、この路線の新たな可能性を検討していくので、あなた方はそれぞれ自分の持ち場で今まで通り仕事をつづけていただきたいと告げられた。

ノセードもむろんそれまで通り仕事をつづけた。父親譲りの制服と青い制帽を身につけていたが、ほかにすることがなかったので日がな一日ぼんやり外を眺め暮らした。当面、鉄道に代わって路線バスが走ることになったが、少なくとも駅長であれば切符をそのまま継続して販売したり、バスの運行を管理したりする仕事もできただろう。新型バスにはビデオとエアコンがついていて、列車よりもはるかに快適だった。しかし、そのバスも雪の季節が訪れたとたんに運行されなくなった。道路も線路と同様、経年劣化であちこち傷みがきていたのだ。もっとも、ずっと以前からそのようなところに道路がつけられていることを覚えているものなどひとりもいなかった。

話によれば、路線の閉鎖は一時的なものだったはずだが、翌年の冬に廃線が決まった。鉄道会社の経営陣がいろいろ検討した結果（少なくとも、彼らはそう言っていた）、路線の一部、つまりその両端に当たるレオン方面はグアルドまで、ビルバオ方面はベルセードまでの区間が再開されることになったと伝えられた。それらの区間では収益が上がっていたのだ。その中間にある約二百キロに及ぶ路線は廃線になったが、ノセードがいたのはそのど真ん中だった。路線課長がやってきて、ノセードと同じ立場に置かれている鉄道員たちに向かって、「悪いがね」と言ったのはそのときである。

ノセードは踏切小屋に入り、ストーブの前に腰をおろした。寒さをしのぎ、鍋で煮炊きできるので、ストーブにはいつも火が入っていた。たいていインゲン豆かヒヨコ豆を煮たもので食事を済ませていたが、部屋全体にいい香りが立ち込めるようにと時々ユーカリの枝を煮立てることもあった。いつものように真っ赤に燃えているストーブを見つめながら、ノセードはあの踏切小屋で過ごした年月のことや、また彼の前に父親がそこで過ごした歳月のことを思い返していた。あの踏切は彼にとって人生のすべてだったのだ。

翌朝、すでに解雇されていたにもかかわらず、ノセードはいつもの仕事場に戻った。父親から譲り受けた制服と青い制帽を身につけ、赤い旗を手に持っていたが、これは遮断機をおろすときに、車を停止させるためのものだった。九時に（三人しか乗客が乗っていない）バスが通過するのを見届けたあと、踏切小屋に入った。貨車と客車の混成列車が通過するのが午後一時だったので、それまでに踏切小屋で昼食をとった。その列車が通ったあと、三時ちょうどに郵便列車が通過するのでそれまで昼寝をした。四時頃に貨物列車が通り、ついで五時頃に（石炭を積んだ）貨車が通過する。そして、六時頃にマタポルケーラ発の列車が通過し、ついで八時二十分前に終着駅に到着することになっているビルバオ発の列車が通るが、それが最終列車だった。一時期彼はバリャドリッドで兵役に就いて、鉄道関係の仕事をしていたことがあるが、そのときをのぞいて過去二十年間毎日その時間に仕事を終えて町に戻った。

以後もノセードはいつもと変わりなく仕事場に足を向けた。何もすることがなかったし、給料ももらえなかったが、それでも毎朝出かけて行っては列車の通る時間になると、二、三カ月前までやっていたように遮断機をおろした。列車は一両も通らなかったが、彼は踏切小屋から離れようとしなかった。

最初、町の人たちは気づかなかった。いつもの習慣でそこにいるのだろうと思う人もいれば、まったく関心のない人もいて、彼がいまでも踏切と町の間を毎日往復していることを怪訝に思う人はいなかった。おそらく帰巣本能みたいなものだろうと言う人もいれば、踏切小屋にいろいろなものが置いてあるにちがいないと考える人もいた。列車はもう走っていなかったが、近くに住んでいて事情を知らない人たちはノセードが遮断機を上げるまで辛抱強く待ち続け、何か行き違いがあったか、踏切番はみんなを待たせては悪いと思って、親切にも遮断機を上げてくれたと考えて走り去った。おそらくいつものように列車が遅れているんだろう……。

どうもおかしいと最初に気づいたのはあるセールスマン（ドン・ガルシーア、〈オルビゴの銘菓・パイ菓子とマドレーヌ〉のセールスマン）で、彼は二、三週間毎にあの道を通っていて、鉄道が閉鎖されたことをすでに知っていた。踏切番の顔は二十年前から（それどころか、父親の顔も）覚えていた。彼はノセードがいまだに踏切小屋に居座っているのを怪訝に思ったが、おそらく機関車、あるいは保線用の車両が通るのだろうと思っていた。あのあたりはすでに廃線になっていたが、線路を撤去するとなると、一連の工事をしなければならず、時間も相当かかるはずだった。しかししばらくして、機関車はもちろん、それらしい車両も通過していないのに、ノセードが遮断機を上げるのを見て、セールスマンは車を停めると、窓から顔を出して、何かあったのかと尋ねた。

「何もないよ。どうしてだね？」とノセードはにこりともせず答えた。

「いや、ちょっと訊いてみただけだ」自分をさんざん待たせた幻の保線用車両が遅れてやってくるのではないかと思って、遠くに目を凝らしながらそう言った。

しかし、ノセードはそれ以上説明しなかった。というか、説明など何ひとつしなかった。それどころか、それまで以上にとげとげしい感じさえした。

「急いでいるのかね？」ノセードは踏切小屋の方に引き返しながらそっけない口調でセールスマンに尋ねた。

実を言うと、セールスマンはべつに急いでいなかった、つまりいつもと同じだったのだ。そんなことよりもあそこの路線が廃線になり、来るはずのない幽霊列車が通過するまで待たされたということに納得がいかなかったのだ。それにノセードの態度といい、返事といい、どこか奇妙だった。彼としては、来るはずのない列車を五分間意味もなく待たされたのだから、何があったのか事情を説明してもらっても当然だろうと考えて、尋ねただけだった。しかし口論する気はなかったし、あの踏切番が気むずかしくて、融通のきかない性格だとうわさに聞いていたので、なおさら喧嘩をする気になれず、そのまま山の方へ車を走らせた。そちらにはこれから訪れなければならない町がまだいくつか残っていたのだ。

しかし、帰り道でもまた同じことが起こった。線路と直線道路が交差している踏切の手前まで来たときに、またしてもノセードの姿が目に入った。彼はちょうど遮断機をおろそうとしているところだった。遠くに彼の車が見えたとたんに、ノセードが遮断機をおろしはじめたような気がしてならなかった。セールスマンはアクセルをふかして一気に踏切を突っ切ろうとした。けれども、ノセードは遮断機の前に立ちはだかって車を停止させた。

「何をするんだ。気でも狂ったのか？」と彼は旗を振り回しながらわめきたてた。

「すまん」セールスマンはそう言いながら、斜めになっている遮断機を指し示した。「何とか通り抜けられると思ったんだ」

「無理だ。見ろよ」遮断機が完全に下におりたときに、ノセードが怒ったような口調でそう言った。

セールスマンはしかたなくエンジンを切り、時間待ちにタバコに火をつけた。遮断機はなかなか上がらなかった。四、五分は待つとするか、あの男がつむじを曲げているんだからしょうがない。踏切番が機嫌を損ねているときは、遮断機の上がるのがいつもより遅いことは経験上わかっていた。

しかし、実際には十分近く待たされた。〈オルビゴの銘菓・パイ菓子とマドレーヌ〉のセールスマン、ドン・ガルシーアは時計をにらんで時間を計っていたわけではないが、タバコを一本吸い、さらにもう一本火をつけるまで待たされた。それなのに、何も起こらなかった。朝と同じで、機関車もそれらしい列車も通らなかった。ただ、一頭の犬が、遮断機がおりていて危険だというのに、平気な顔をして線路の上をこちらに向かって歩いてきた。

路線が廃止になったというのに、遮断機は何カ月ものあいだ撤去されずにそのまま残っていた。セールスマンのドン・ガルシーアは二、三週間毎にそこを通っていたが、廃線になって以来通過する列車の数が大幅に増えはじめでもしたように、遮断機がいつもおりていた。彼は、ノセードが遮断機を上げるまで辛抱強く待った。といっても、線路を越えていく者はひとりもいなかった。ついに我慢できなくなって、町の治安警備隊に掛け合ったが、例によって取り合ってもらえず、大方会社の方針でそうしているんでしょうという返答があっただけだった。こうなれば直談判するしかないと考えた彼は、鉄道会社の取締役に会って実情を訴えた。

取締役は彼の話に耳を傾けてくれたが、やはり取り合ってくれなかった。（取締役は昔、父親と同僚だったこともあり）ノセードのことも以前から知っていた。彼はもともと気むずかしい性格で、それがもとでこれまで何度か社内でトラブルを起こしたことがあるが、今回の件は大騒ぎするほどのことでもないだろう（一度など、査察官と口論したために、給料が二日分減額されたこともあった）。ただ、たとえば過去二十年間にただの一度も欠勤したことがないことからもわかるように、彼は生真面目で模範的な鉄道員だと取締役は考えていたのだ。

鉄道会社の取締役は告発の内容をメモに取ると、テーブルの上に置いたが、腹の中ではこのセールスマンが部屋を出ていったら、なかったことにしようと考えていた。このセールスマンは頭がどうかしているんだ。ノセードはすでに解雇されているし、路線もすでに廃線になっている。だから遮断機をおろして車の通行を止めることなどできないはずだった。しかし実を言うと、多くの人が抗議の声を上げようとしていた。

ノセードに対する抗議の声が次々に届きはじめた。鉄道会社の取締役はあのセールスマンの最初の告発をメモしておきながら、結局屑籠に捨ててしまった（その後も告発文が立て続けに届いたが、それらも同じように処理した）。その後もあの地方の住民やたまたま踏切を通ろうとした人たちから立て続けに抗議文書が届くようになった。中には、遮断機が上がるのを待っている自分たちを、ノセードがバカにして笑っているという抗議文まであった。鉄道会社の取締役はそうした文書をファイルに溜めこんでいったが、そのうち入りきらなくなった。いつまでも放置しておくわけにいかず、査察官を派遣して事情を調べさせた。人は何かあれば決まって抗議の声を上げるが、同一人物に対する抗議の声がここまで大きくなるというのはめったにないことだった。

査察官が訪れると、ノセードはふて寝していた。（ドアが半開きになっていたので）人のやってくる音が聞こえたはずだが、ノセードは起き上がって出迎えることもなければ、いつものように挨拶もしなかった。それどころか、目の前にいるのがひとりの人間、それも上司だというのにふて寝を続けた。

査察官はきわめて厳格な上に探偵を思わせる独特な歩き方をするところから、みんなからモルガンと呼ばれていた。自分はもうこの男の上司ではないんだから些細なことにはこだわるまいと言い聞かせながら、モルガンはドアのところから声をかけた。

「どうした、眠っているのかね？」

「いや、休憩しているんだ」とノセードはひどくぶっきらぼうに答えた。

（それまで一度もそういう態度で迎えられたことのない）モルガン査察官はひどく困惑してドアの前から動けなかった。少しためらった後、こう言った。

「休憩するためにここにきているのかね……」

「時々な」とノセードはにこりともせずそう答えた。

彼は樫の木の幹が赤々と燃えているストーブのそばに寝転がっていた。香りが部屋全体に広がるようにと時々ユーカリの枝を煮ることがあったが、そのときもストーブの上ではユーカリの枝がぐつぐつ煮立っており、踏切小屋の中に強い香りが漂っていた。モルガン査察官は中に入ると、ストーブのそばに行った。

「これは何だね？」と尋ねた。

「ユーカリの枝だよ」とノセードが答えた。

「どうして煮ているんだ？」

「ほかにすることがないんでね」とノセードが答えた。

どうやらしゃべりたくないようだった。先ほど踏切小屋に入ってきたのは査察官ではなく、どこかの食い詰めた人間だろうとでもいうように、デッキチェアの上から頭と足をだらしなく投げ出して寝転んでいた。ノセードはもともとあまり愛想のいい男ではなかったが、ここまで非礼な態度をとったことは一度もなかった。

モルガン査察官はひどく困惑した。自分が会社の施設の中にいて、しかも目の前にいるのがすでに職員ではない人間だというのに、妙に気後れしてしまった。突然自分たちの立場が入れ替わったように感じた。そのせいでなかなか本題に入れなかったのだ。

「君はここにいてはいけないんだ」

「誰がそう言ったんだね？」ノセードは頭を少し起こして尋ねた。

「私だ」ここで引いてはまずいと思い、モルガン査察官は強気に出た。

「だったらおれを放り出すといい」ノセードは顔色ひとつ変えずにやり返したが、デッキチェアから起き上がる素振りはみせなかった。

翌日、ノセードは追い出された。あの日、（意表をつく相手の出方に戸惑った）モルガン査察官は面食らい、困惑してそれ以上何も言わずに引き上げた。しかし次の日彼は、踏切小屋の鍵をもらってくるようにと地区の責任者に言い含めた上で、ノセードのもとに送り出した。ノセードはおとなしく鍵を渡したが、立ち去るのはいやだと駄々をこねた。踏切小屋から自分の持ち物（その中には私物であるストーブも含まれていた）を持ち出すと、小屋の横で野営した。簡単にかつての自分の職場を放棄する決断がつかないようだった。

そのことはすぐに明らかになった。というのも、ノセードが今も車の通行を妨害しているという苦情を並べ立てた投書がまたしても取締役室に舞い込みはじめたのだ。そのうちの何通かにはドン・ガルシーアの署名が入っており、どうやらいまだにノセードと揉めているようだった。そこで取締役は、担当部局の人間を送って遮断機を取り壊し、撤去させることにした。

しかし、大して効果はなかった。機嫌のいいときのノセードは（気むずかしいところはあっても）話のわかる好人物だったが、いったんつむじを曲げると梃子でも動かせないところがあった。今の彼は言うまでもなくつむじを曲げていた。遮断機が撤去されると、ノセードは旗を使って車を止めるようになった（その風変わりなやり方も効果的だった）。ただ、車を止める回数が増えだしたことから考えると、列車の通る回数が増えはじめたように思え、しかもときには何時間も待たされるようになった。話を聞いて仰天した取締役は、自分の目で実情を確かめることにした。部下の話を聞いても容易に信じられなかったのだ。

取締役は午後六時頃に問題の踏切に着いた。モルガン査察官をはじめ路線課長とそれぞれの地区の責任者が同行していた。鉄道が閉鎖される前ならちょうど混成列車の通過する時間になっていたので、ノセードは自分の持ち場についていた。一行を乗せた車がカーブを曲がったとたんに、彼は旗で停止するよう合図した。

取締役と部下の乗った車が停止した。

「何があったんだね？」と取締役が窓越しに尋ねた。

「べつに。ただ、今はここを通れない」とノセードはひどくぶっきらぼうに答えた。

取締役と同行者は互いに顔を見合わせた。ノセードは目の前にいるのが誰だかわかっていたが、動揺した様子はなかった。ひるむ様子もなく、列車が通過するまでにはまだ少し時間があるので、待つように指示した。

「どれくらいかかるんだね？」すでに列車が走っていないことを忘れたかのように取締役がそう尋ねた。

「ときによりけりだよ」とノセードは答えた。

取締役はそれを聞いて目を剥いた。彼は黙って自分たちのやり取りを聞いている部下の方をちらっと見たあと、もう一度窓から顔を出してノセードにこう言った。

「私が誰だかわかっているんだろうね」

「ああ」とノセードは答えた。

「それで？」

「それでって、どういうことだね？」とノセードが尋ねた。

鉄道会社の取締役は一瞬ためらったあと、こう言った。

「君は車の通行を妨害しているんだよ」

「あんたは私の仕事の邪魔をしているじゃないか」とノセードはしれっとした顔でやり返した。

鉄道会社の取締役は自分の耳が信じられなかった。彼はモルガン査察官と同じことを考えた。つまり、(すでに取り払われているが)ここはもともと会社の施設で、しかも目の前にいるのは元職員で、今では鉄道会社とは何の関係もない人間なのに、踏切ではこの男が路線の持ち主で、自分はその仕事の邪魔をしている単なる通りすがりの人間になったような気がしたのだ。鉄道会社の取締役は思わず彼につかみかかりそうになった。

しかし、何とか自分を抑えた。ノセードに向かって手をあげるわけにはいかないが、部下の手前自分がどういう人間なのか思い知らせてやる必要があった。彼は車から降りると、ノセードの方に向かって歩き出した。

「君はもうこの職場の人間じゃないんだ」とタバコに火をつけながら説得しようとした。「それに知っての通り、列車はもう走っていないだろう」

「あんたが言うのなら……」

「そうだ、取締役の私が言っているんだ」彼は取締役というところを強調した。「その点は君も十分承知しているだろう」

「しかし、あまり頭の回らないあんたは取締役という器じゃないね」ノセードはにやにや笑いながら言った。

それを聞いて、頭に血がのぼった取締役は、タバコを踏みにじると、遠くへ投げ捨てた。取締役は完全にぶち切れていた。

幸いまわりにいた人たちが何とか取締役を押しとどめた。モルガン査察官、路線課長と地区の責任者があわてて車から降りると、取締役を押しとどめ、ノセードに飛びかかる前にむりやり車の中に押し込んだ。取締役は大声で、放せ、あの男をぶっ殺してやるとわめきたてた。一方、ノセードは相変わらずにやにや笑っていたが、どうやら騒ぎを楽しんでいるようだった。

あの事件から数日後、ノセードは町の治安警備隊本部に出頭するようにとの召喚状を受け取った。強制的行為と会社の制服を不法に着用したという理由で取締役が告発したのだ。ノセードは治安警備隊本部に出頭した際、服務中の職員の命令に従わないばかりか、自分に暴行を加えようとしたといって、逆に取締役を告発した。彼に言わせると、取締役とその部下は旗を振って停止の合図をしているのに、それを無視して踏切を横断したが、そのことによって他の人たちの生命を危険にさらしたというものだった。

彼の父親の旧友である治安警備隊の司令官は、まず取締役に対する告発だが、（これは同行した部下が取締役に不利な証言をするはずはなく、したがって）肝心の証人がいないことになるので告発は成立しない。それに、こちらの方が問題なのだが、何カ月も前から列車が走行していない線路の踏切で、車の通行を妨害するのは自分勝手な行為とみなされるんだと諄々（じゅんじゅん）と説いて、ノセードの態度を軟化させようとした。

「このままだと、いずれ君を逮捕しなければならなくなる」と司令官は悲しそうに言った。実を言うと、あのあたりの人たちと同じように、司令官もノセードがおかしくなりはじめたのは、職場を追われてからのことだと考えていたのだ。

しかし、もはや手遅れだった。ノセードは司令部を出ると踏切には向かわず、駅の方に足を向けた。駅も閉鎖されていたが、そこの車両格納庫の奥に古い機関車が二、三台保管してあった。彼はそのうちの一台を何とか始動させると、線路の上を全速力で走り出した。

踏切を通過するとき、速度は百二十キロに達していた。あの線路の上を機関車がそれほどの速度で走ったことはいまだかつてなかった。たまたまそのときドン・ガルシーアは、いつもの踏切番の姿が見えないので怪訝に思いながら通りかかった。危うく衝突するところだったが、寸秒の差で彼は命拾いした。ノセードはそのままどんどん速度をあげて走りつづけ、ついに脱線して橋から転落した。鉄製の機関車から助け出されたとき、彼はまだ旗を振って車を停止させようとしていた。

父親

子供の頃、ケルスティンはスヴァッパヴァーラ［スウェーデン最北部の町］で《黒熊》の物語を何度となく聞かされた。

当時ケルスティンは母親や兄弟と一緒に祖父の家で暮らしていた。祖父は以前マルムベリェト鉱山で働いていたが、退職してからは窓のそばに座って何時間も通りを眺め暮らした。祖父は通りや自分が五十年以上働いてきた鉄鉱山を眺めるのがなによりも好きだった。わしがこの町に来た頃は、家などほとんどなかったよ、とよく言っていた。

祖父の息子、つまりケルスティンの父親もやはり鉱山で働いていて、労働組合員になったが、ある日鉱山、家族、生まれ故郷の町を捨てて姿を消した。ケルスティンの母親は小さな子供を四人抱えてひとり取り残された。母親が祖父の家のあるスヴァッパヴァーラに引っ越したのはそのときのことである。

末娘のケルスティンは祖父の手で育てられたが、実を言うと五歳になるまで父親がいることを知らなかった。彼女にとっては祖父が父親だったのだ。毎日祖父の膝の上に座ったり、家の前で一緒に遊んだりして暮らした。他の家と同じように祖父の家にも庭があったが、木は一本も植わっていなかった。スヴァッパヴァーラの近くの国道に木の看板が立っていて、そこには「耕作地終了地点」と書かれてあった。そのあたりはもう北極圏だったのだ。

ケルスティンが三歳になったある日、祖父が《黒熊》の話を語って聞かせた。祖父は鉱山や昔の話をよくしたが、彼女の記憶にもっとも強く刻みつけられたのは《黒熊》の話で、それは生涯忘れることはなかった。実際、彼女は長年《黒熊》が自分の父親だと思い込んでいた。

祖父が何度も繰り返し語った《黒熊》の話（ケルスティンはいつの間にかその物語をすっかり覚え込んでしまったが、祖父の口から聞くのが大好きだった）というのは、今世紀のはじめ頃にあの地方で起こった事件にまつわるものだった。当時、鉱山会社が採掘した鉄鉱石を運び出すのに、氷に閉ざされるバルト海を避けてナルヴィクに通じる鉄道を敷いたが、それが近くを通ったのだ。ナルヴィクはノルウェーの最北部にあったが、あのあたりの海は決して凍ることがなかった。フィヨルドのおかげなんだよ、祖父は話をつづける前にケルスティンにそう説明した。

祖父の話というのは以下のようなものだった。その土地に鉄道が敷設されることになり、開拓者にふさわしい屈強で向こう見ずな男たちが押しかけてきた。あのあたりにはもともと人が住んでいなかったが（人が住むようになったのはその後のことである）、とてつもなく力が強く、あの地方では珍しく髪の毛が黒かったところから、仲間たちから《黒熊》と呼ばれている女がやってきた。彼女は労働者たちの食事を作ったり、凍てつくように冷たい風がみすぼらしい小屋のまわりで吹き荒れている夜などは一緒に歌をうたったり、酒を酌み交わしたりして男たちの気を紛らわせてやった。《黒熊》はやがて伝説の人となった。人を寄せつけないあのあたりの土地に足を踏み入れるのは、猟師かトナカイを飼っている人間くらいのもので、それまで男たちと一緒にあの土地に入り込んだ女はひとりもいなかった。しかし、誰もが彼女には一目置いていた。仲間のひとりとして扱っていたのだ。ツンドラの寂しい夜に、誰かが不埒な考えを起こしたところで（実を言うと、そういうことが時々あった）、彼女は誰の助けも求めずたったひとりで相手を追い返した。《黒熊》はとても力が強かった、というか仲間の男たちよりも強かったのだ。

何カ月もの間、《黒熊》は線路工夫たちと一緒に旅をし、彼らとともに寝起きして食事を作ってやったが、ノルウェーとの国境に近いキルナを過ぎたあたりで悲劇が起こった。《黒熊》はどうやら男たちのひとりに恋をしたらしく、そばから離れなくなって、他の男たちをなおざりにするようになった。そのことに腹を立てた彼らは二人、つまり彼女と男を許さなかった。誰からも相手にされなくなった二人は、いたたまれなくなって工夫たちが敷設した線路を逆にたどって南に向かった。《黒熊》は工夫たちの食事を作るのに使っていた鉄製の調理台を背負って歩き続けたが、ついに力尽きて雪の上に倒れ、それきり起きあがることができなかった。彼女はアービスコで亡くなり、その地に埋葬されたが、墓地はもうなくなってしまった。工夫たちの中で今も人々の記憶に残っているのは彼女の名前だけだが、これは勇敢な人間だった証だ。お前も大きくなったらああなるんだぞ、祖父は感動しているケルスティンに向かってよくそう言っていたが、そんなときケルスティンは、鉄製の調理台を投げ出し、線路のそばに横たわっている《黒熊》の身体の上に雪が降り積もっていく様子を思い浮かべていた。

祖父は彼女に何度も同じ話をしたが、語り方も、結末もつねに同じだった。しかし、ケルスティンははじめて聞くようにわくわくしながら、祖父の膝の上に座って耳を傾けた。ひどく年を取っていた祖父はよく話の筋を忘れたが、そんなときは彼女がそこは違うよと言って思い出させてやった。(冬、暖炉のそばにいるときはしょっちゅうそういうことがあったが)祖父が眠りこむと、彼女もやはり眠ってしまう。すると母親が彼女を起こして、すでに眠っている兄弟たちのベッドまでつれていったが、そういう夜、ケルスティンは決まって《黒熊》の夢を見た。

ある日祖父が亡くなった（暖炉のそばの椅子で眠っていた祖父はそのまま目を覚まさなかった）。ケルスティンと家族の者はマルムベリェトに戻ったが、そこでは誰も《黒熊》の話をしてくれなかった。彼女は町の子供たちと一緒に学校へ通うようになった。みんな彼女と変わるところはなかった。鉱山の家に住んでいたが、そこは通りの両側に黒と緑の屋根を連ねて建ち並んでいるどれも同じ造りの庭付きの家だった。子供たちは、彼女とその兄弟と同じような服装をしていたので、ほとんど見分けがつかなかった。年齢と名前を別にすると、たったひとつの違いと言えば、彼らには鉱山、あるいは町の商店で働いている父親がいて、時々学校に迎えにきたり、日曜日に教会へ一緒に行ったりすることだった。彼女と兄弟にはそのような父親がいなかった。

　スヴァッパヴァーラで暮らしていた頃のケルスティンは、祖父が生きている間は父親がいなくても寂しいと思ったことは一度もなかった。父親は彼女が生まれた直後に家を出て行き、彼女の顔すら知らなかった。けれども祖父が死ぬと、一家はマルムベリェトにある鉱山の家に戻ったが、そのときに母親が彼女に父親の話をした。お父さんは今遠い首都に住んでいるけれど、そのうち戻ってくるからねと言った。

　その日から、ケルスティンは父親の帰りを心待ちにするようになり、どんな人だろうと空想をたくましくするようになった。友人たちが自分の父親と一緒に通りを散歩したり、家族そろって教会へ行ったりするのを見たり、あるいは一緒に遊んでいるときに父親の話をするのを聞いたりすると、羨ましく思った。そういうときケルスティンは、うちのお父さんは世界一素敵なお父さんなの、首都に住んでいて、《黒熊》よりも力が強いのよと言って自慢したものだった。もうすぐ私を迎えにきて、首都で一緒に暮らすことになっているのと吹聴した。けれども、父親はいつまでたっても迎えにこなかった。ケルスティンが父親のことを尋ねると、母親は煮えきらない返事をしたり、その話はまたあとでねと言って黙り込んだりした。そんな母親を見ると、ケルスティンは悲しくなったが、それでも父親が来るのを待ちつづけ、夜になるとお父さんが早く戻ってきて、向こうで一緒に暮らせるようになりますようにとお祈りをあげた。ときには人から、お前には父さんなんていやしないんだろう、いたとしても、戻ってなんかくるもんかと言われて、べそをかきながら家に帰ってくることもあった。

しかしついにある日、彼女の願いがかなえられるときが来た。一通の手紙が家に届いたのだ。母親はケルスティンと兄弟たちに、これはお父さんからの手紙なの、近々みんなに会いにくるって書いてあるのよと説明した。母親の顔には、できれば来てほしくないとでもいうような悲しそうな表情が浮かんでいた。ケルスティンは知らなかったが、両親はすでに離婚していて、父親は現在再婚した相手とストックホルムで暮らしていた。

父親と会った日のことをケルスティンは決して忘れることはないだろう。母親や兄弟と一緒にマルムベリエット駅まで父を迎えにいった。駅まで歩きながら、ケルスティンはとうとう自分の願いがかなえられる日が来た、とでもいうような嬉しそうな顔をして道行く人を眺めていた。私はこれからお父さんを迎えに行くの、これで私の言っていたことが嘘じゃなくて本当だということがわかったでしょうとみんなに言い触らしたかった。けれども、そこまではできなかった。学校の近くを歩いていると、友人たちが彼女の方を見ていたが、何も言えなかった。彼女は母親と兄弟にはさまれて歩いていたが、誰もが思いつめたような顔をしていた。

駅では永遠につづくかと思えるほど長い間待った。母親から手紙の話を聞いてからというもの、彼女はこの日が来るのをひたすら待ち続けた。そして、その前からも、つまり父親はいるけれども、絶対に会いにきてはくれないのだと考えるようになってからも、彼女は心の中で待ち続けた。そのケルスティンは今、晴れ着のコートを着、縁なし帽をかぶり、母親の手を握りしめて父親が乗っているはずのストックホルム発の列車がやって来るのを待っていた。お父さんてどんな人だろう、ハンサムだろうか、あごひげを生やしているのだろうか、髪の毛は金髪、それとも逆におじいさんみたいに真っ白かしら? それまで何度となく思い浮かべてきたように、お父さんはきっととても強い人にちがいないと彼女は思い込んでいた。巨人のように逞しく、《黒熊》のようにとても強い人にちがいないと信じ切っていた。

ケルスティンはひどく興奮していたので、父親が列車から降りてきたのも目に入らなかった。父親のまわりは大勢の人がひしめきあっていた上に、気持ちが高ぶっていたので目の前に来るまで父親だとはわからなかった。確かにとてもハンサムだったが、髪は赤毛で、思っていたよりも背が低かった。それにあごひげもなかった。コートを着、帽子をかぶったその人は家族の者に挨拶したあと(母親には冷ややかに挨拶しただけだった)、彼女を抱き上げて強く抱き締めたが、そのときはじめてこの人が父親なのだと理解した。彼女を高々と抱き上げて、胸に抱き締めた。そのあと、彼女を下に降ろした。手を握り締めたまま(もう一方の手にはスーツケースを下げていた)家の方に向かって歩きはじめたが、その後ろから母親と兄弟たちが黙りこくってついてきた。

父親は一日家にいただけで、彼女を置いて帰っていった。ケルスティンは校門を出たところでそのことを教えられ、祖父が死んだときのように午後の間中泣きつづけた。その日は、友人たちをつかまえて、お父さんはとってもハンサムなの、そのお父さんが今日の午後私を迎えにきてくれるのよとさんざん吹聴したというのに、校門を出たところで待っていたのは父親ではなく、ラッナールトだった。長男のラッナールトは家族の中でただひとり働いていた。家に帰る道すがら、ラッナールトはケルスティンに、父さんはもう帰ったよ、だけどもう一度こちらに戻ってきて、たとえお母さんがお前を手放さないと言っても連れて行くつもりだと言っていた、と教えてくれた。

彼女は母親と三人の兄弟と一緒に、父親が乗ったのと同じ列車でストックホルムに出たが、そのときのことは何年もの間忘れられなかった。一家は父親の後を追ってストックホルムへ行ったのだ。父親は母親のためにある工場の賄い婦の仕事を見つけてくれたが、自分たちと暮らすつもりのないことはケルスティンにもよくわかっていた。父親には新しい家族がいて、その家族と別の町で暮らしていた。彼らは母親の手を握り、おどおどしてストックホルム駅に着いたが、父親は迎えにきていなかった。まだ幼くて、父親がいることも知らなかった頃、ケルスティンはスヴァッパヴァーラに住んでいた。そのときに祖父から何度も同じ話を聞かされたが、そのお話に出てくる《黒熊》のように、あのときの母親は背中に家一軒分の家財道具を背負っていた。

木の葉一枚動かんな

ぼくの父とテオフィロはひさしのある廊下に座っている。そうして一時間ばかりひとことも口をきくことなく木々や星を眺めている。

父とテオフィロはしゃべる必要などないのだ。どこでもいいから腰をおろして、火、あるいは景色をただ眺めて何時間でも過ごすことができ、口をきく必要などまったく感じていない。互いに相手のことをよく理解しているので、言葉など要らないのだろう。父とテオフィロにとっては、ゆったりくつろいだ気分で一緒に過ごすことができさえすればいいのだ。

父とぼくは今日の午後こちらに着いた。夏の訪れを待っていたので、来るのが例年よりも遅くなった。いつもならラ・マタには二週間ほど前に着いている。けれども、今年は夏の訪れが遅くて六月末まで雨が降り、山間の家々が陽射しを受けて暖かくなるのが遅かった。村の人たちは今年の夏は天候がしょっちゅう変わる予測のつかない夏になるだろうと言っている。テオフィロに言わせると、夏というのは女と同じで、順調にいっているのに突然ねじれてしまうが、そうなるともう手の施しようがなく、神様でもどうにもならないとのことだ。

例年のようにテオフィロはぼくたちが行くのを待っていた。十月に入って肌寒くなりはじめると、父とぼくは渡り鳥のようにラ・マタをあとにするが、そのときから彼はぼくたちが次の年に訪れるのを心待ちにしている。避暑客がひとりもいなくなってもしばらく村にとどまり、いつも最後に帰ることにしている。冬のラ・マタには人がほとんどいないし、村に残っている人たちもめったに家から出てこない。彼の妻のアウレリアの話だと、ぼくたちがいなくなると、テオフィロは急に不機嫌になってふさぎ込み、何日も口をきかなくなるとのことだった。

実を言うと、テオフィロはラ・マタの人間ではない。彼があの村で暮らすようになったのはほんの数年前からだった。退職後アウレリアと再婚し、以来あの村で暮らしている。アウレリアはひとり身で、二人とも子供がいなかった。ある日、彼らは向かい合って座ると、いろいろなことを話し合った。午後の軽い食事をとっていたが、そのときにテオフィロがこう言った。お互いもう歳だし、共に連れ合いをなくしている、だからいい茶飲み友達になれるんじゃないかな、そうなったところで怒る人もいないしね。アウレリアは何も言わなかったが、その必要がなかったのだ。二人は次の日、司祭のところへ行って話をし、二、三週間後に結婚した。彼らの結婚はまるで契約のように実に単純明快なものだった。

以来、テオフィロはラ・マタに住むようになった。鉱山会社からもらう年金と畑でとれるもので、アウレリアと彼は誰に迷惑をかけるでもなく、なに不自由なく暮らしている。時々、親戚の者が遊びにきたり、彼らが遊びに行ったりする。以前はまわりの人間があんなところへ行って寂しくないんだろうかと心配したり、テオフィロの女兄弟たちが家をどうするつもりだろうと気にかけたりすることもあったが、今ではそういうこともなくなった。結婚したときにテオフィロは家を従兄弟のひとりに売り渡し、それ以外のものをすべて女兄弟に分け与えた。四カ所にある地所と果樹園、それが財産のすべてだった。以来、必ず行くことにしているお祭りの日を別にすると、自分が以前住んでいた町に足を向けることはほとんどない。お祭りのときは、従兄弟に車で迎えにきてもらって、次の日に送ってもらったり、本人が電車でボニャールまで行って、迎えにきてもらったりしている。

ときどき、アウレリアも一緒に行くことがあるが、家に残っていることの方が多い。彼女は自分の家とラ・マタを別にすれば、テレビが何よりも好きなのだ。

テオフィロもテレビが好きでドラマをよく見るが、長い時間はもたない。すぐに眠ってしまうのだ。それよりも外を歩き回る方がいいのか、よく通りを散歩している。ただ、冬になると村から人影が消えるし、外で見かける人たちはたいていい忙しく立ち働いている。だから帰りも徒歩になるとわかっているのに、雨だろうが雪だろうが駅まで歩いて行く。そんなわけで、彼は夏の訪れを待ち遠しく思っている。彼に会うために父とぼくは毎年欠かさずあの村に出かけて行くが、その夏が待ち遠しくて仕方ないのだ。

先に言ったように、今年は向こうに行くのが例年より遅くなった。テオフィロは何日も前からぼくたちが訪れるのを待っていたが、あまり遅いので何かあったのではないかと心配しはじめたところだった。実は、事故に遭ったんじゃないかと心配していたんだ、とぼくたちに言った。彼はラ・マタの入り口の、ハイウェイから少し入ったところにある切株に腰をかけていた（その冬にポプラの木を切り倒したので、あたりの風景が一変していて、いつもと違う道路を走っているような感じがした）。彼は車種の区別がつかないが、ぼくたちの乗っている車だけは見分けられた。おそらく嗅覚が働くのだろう。テオフィロには第六感が備わっていて、車を見ただけで、誰が乗っているのか、どんな仕事、あるいはどういう理由でやってきたのかまで見抜いてしまう。彼は長年そこに腰をおろして、人生と人々が目の前を通り過ぎて行くのを眺め暮らしてきたのだ。

家に着くと荷物をおろすのを手伝ってくれた。その後、父と彼はカルバハルまでぶらぶら散歩したが、そこは彼のお気に入りの場所でしょっちゅう足を向けていた。そこからだと、ラ・マタ村とベシーリャ渓谷全体、それにラ・カンダナの洞窟まで眺め渡せるので、お気に入りの場所なのだ。二人は二時間後の八時半ちょうどに戻ってきたが、その時間に父はいつも食事をとることにしている。テオフィロはもっと遅い時間に食事をする。その前に菜園をのぞいたり、家に戻る前にぼくとおしゃべりをしたりしていく。この冬、医者からダイエットをするように言われてね、まだ太っているが（太っているというよりも、肉付きがいいという感じだった）、これでも六キロ痩せて、体調もよくなって、以前みたいに疲れないんだ。

夕食を済ませると、すぐに彼はぼくたちの家にやってくる。この時期のように日没がひどく遅いときでも［スペインの夏は夜の十時頃まで外が明るい］、いつも日が暮れてからやってくる。そうしてベッドに入る時間まで、父のそばに付き添ってくれる。いつも夜の十二時までゆっくりしていくが、気が向くと深夜の一時まで腰を据えることもある。また、今日みたいに天気のいい日は玄関脇の廊下やバラの植え込みのそばに腰をおろす。八月末になって涼しい風が吹きはじめたり、九月に入って肌寒くなったりすると、客間や暖炉のそばに移動する。

父から話しかけることはほとんどない。実を言うと数年前から――つまり母を亡くしてから――ほとんど口をきかなくなっていた。病気にかかったように自分の殻に閉じこもり、物思いにふけったり、ただじっと風景を眺めたりするだけになった。自分が住んでいるレオンでも、（ごく稀にしか出かけない）旅先でもそのような状態が丸一年ほど続いている。けれども、ラ・マタに来ると、ほとんど口をきかなかったが、まるで自分の生まれた家、あるいは母と共に何カ月か過ごした家にいて、はるか昔の記憶がよみがえってくるようだった。父の方から話しかけなくても、テオフィロはまったく気にかけない。誰ともなく話しかけているときもあれば（年々耳が遠くなっているので、人が聞いているかどうかもわかっていないように思われる)、ときには、首を片方に傾けて眠り込んでいることもある。窓からの光や月明かりを受けて座っている二人の姿を廊下から見ていると、バラの木の影が二つ増えたように思われた。

テオフィロは知り合ったとたんに、父に親近感を覚えた。二人はサベーロ渓谷の同じ場所で暮らしたことがあり、顔見知りの仲ではなかったが共通の友人が何人かいた。父が教師としてあちらに赴任したとき、テオフィロはすでに鉱山会社をやめて別の土地で働いていた。その後二人はラ・マタで出会うまでそれぞれにちがった道を歩んだ。父とテオフィロは他の人たちの知らない土地とその人々のことを知っていたし、またテオフィロはよその土地から来た人間であり、父の方は夏場しか訪れないという意味では所詮よそものでしかなかった。そうした条件が重なって、二人は気のおけない友人として付き合うようになったのだ。といっても、年に二カ月ほどしか顔を合わさないのだが。

母が亡くなったあと、父は事実上二年ほど誰とも口をきかなかったが、そのときに二人の友情はいっそう深まった。実は、テオフィロにも似たような経験があったのだ。もっとも気質の違いもあって(彼の方は落ち込むどころか後家さんを物色するようになり、ついにアウレリアを見つけて再婚した。いつだったか父のことが話題にのぼったときに、わしはひとりじゃ生きていけないんだと漏らしたことがある)、彼は妻を亡くした悲しみをうまく乗り切った。つまり、妻を亡くすということがどういうことか経験上よく知っていたのだ。以来彼は家にやってくるようになり、時々父がまったくかまいつけなくても、気にするでもなくそばに付き添うようになった。彼は廊下、また寒いときには居間に腰をおろし、父がしゃべればその相手をし、そうでないときは黙ってそばについていて、頃合いを見て家に帰って行く。

　しかし毎年のように夏を迎えているうちに、テオフィロはぼくたち家族のものがありとあらゆる手を尽くし、精いっぱい頑張ってみてもどうにもならなかったことを、少しずつだが成し遂げていった。つまり、彼のおかげで父が徐々にではあるが外の世界に対してふたたび心を開くようになったのだ。二度目か三度目の夏に父は、母以外のことを、母、あるいは母の思い出とは無関係なことを話すようになったが、これはテオフィロのおかげだった。彼はまた父を説得して、一緒に村の中を散歩するようになった。村を散歩するのが以前の父の習慣だったが、母の死後ぷっつり散歩しなくなった。七月はじめにやってきたときの父はまるで亡霊のような感じがしたが、夏の終わりには別人のようになっていたし、少し太りさえしていた。テオフィロとは対照的にもともと痩せていたので、太ったといってもほとんどわからなかった。時々ラ・マタの家並を歩いて戻ってくる二人の姿を見かけるが、遠くからだとデブと痩せっぽちの名コンビという感じがする。

　しかし、二人は今、廊下にいて、夏の夜はいつもそうなのだが、木々や星を眺めている。今年はいつもより夏の訪れが遅かったが、その夏の最初の夜が今日なのだ。以前とは何ひとつ変わっていない。草いきれ、村から聞こえてくる物音、藍色に包まれた夜、木々を照らしている月明かり。しばらくうとうとしてぼくの父に話しかけるテオフィロの言葉までがいつもの年と変わりなかった。

「木の葉一枚動かんな」

II

いくら熱い思いを込めても無駄骨だよ

ぼくの兄弟たちに

われわれはある寓話の人物である。

——ホルヘ・ルイス・ボルヘス「鏡と仮面」

ジュキッチのペナルティー・キック

ジュキッチはボールを受け取ったとき、こうなるのを見越していたかのように妻が口にした言葉を思い出した。いいこと、とにかくペナルティー・キックを決めてやろうなんて考えてはだめよ、とツェツァは言ったのだ。

日曜日になると、ツェツァは彼以上に試合のことを気にかけた。彼の方は、実のところ神経質になったことなど一度もなかった。少なくともそういう経験はなかった。ピリピリするのは決まって彼女の方で、ときには試合の数日前から苛立っていた。ただあの日の午後、彼が三年前にプレイヤーとしてスペイン・リーグに加わって以来ずっと所属しているデポルティーボ・デ・ラ・コルーニャは、チーム史上もっとも重要な試合に臨むことになっていた。シーズン中ずっと首位を死守し続けてきた所属チームがあの日、優勝のかかった大一番を迎えることになったのだ。それまでバルセロナに六ポイント差をつけて首位を守り続けてきたが、相手は二位にぴったりつけて執拗に追い上げてきた。おそらくプレッシャーのせいだろうが、彼の所属チームは負けが込んで、順位表でポイント差がなくなってしまった。ただ、デポル〔デポルティーボ・デ・ラ・コルーニャの愛称〕としては今日の試合に勝ちさえすればよかった。ポイント数で並んだとしても、得点率で——チーム史上はじめて——首位に立って、タイトルを手にできるはずだった。だから、その週はデポルティーボ・デ・ラ・コルーニャの選手たちは、ジュキッチも含めてひどく緊張していた。試合のある日の午後、いつものように宿舎になっているホテルに妻が電話をかけてきて、幸運を祈っているわと言い、そのあと心配そうに先のような言葉を付け加えたのも無理はなかった。

「まちがえてもペナルティー・キックを決めてやろうなんて考えてはだめよ」

突然ツェツァが口にしたその忠告を思い出して、ジュキッチは思わず噴き出した。心配性で、些細なことでも気にかける妻からやさしい言葉をかけられたのがおかしくて仕方なかったのだ。シュティタル（今では遠い土地になってしまった！）で暮らしていた少年時代、母親からキーパーの子に怪我をさせちゃ悪いから、あまり強く蹴るんじゃないよと言われたときも、やはり笑ってしまった。ツェツァからペナルティー・キックのことで忠告を受けたときは、そんなことは万にひとつもないと一笑に付した。それに、たとえそうなったとしても、キッカーはドナートになるはずだと考えていた。もしドナートのコンディションが悪いか、ピッチ上にいないときは、ジュキッチにお鉢が回ってくる可能性があった（しかし、前の試合でベベートが一カ月間に二枚目に当たるイエロー・カードをもらったときも、ほかにまだブラジル人が二人いたので、彼はキッカーとしては三番手になるはずだった）。

試合終了まであと一分というところで、レフェリーが笛を吹いてペナルティー・キックを宣告した。そのときに彼が真っ先に考えたのはそのことだった。ボード上にはゼロが並んでいた。バルセロナで行われていたもうひとつの試合が（バルセロナの勝利で）二分前に終わり、その時点であのチームがリーグ・チャンピオンになっていた。一方、ラ・コルーニャではジュキッチの所属するチームが死に物狂いで奮闘していたが、バレンシアのゴール・ネットを揺らすことができないまま時間だけが過ぎていた。バレンシアの方は、この試合で失うものは何もないとわかっているので、明らかに優位に立っており、選手たちはのびのびとプレーしていた。デポルティーボのファンが抱いていた悪夢のような予感が今まさに正夢になろうとしていたのだ。結局、当時ファンの中でもっとも悲観的な見方をする人たちが予見していた通りになった。つまり、デポルティーボにはリーグ優勝してチャンピオンになるだけの精神力が欠けているので、結局はプレッシャーに押し潰されて、ラ・コルーニャ市をはじめガリシア地方全体をスポーツ史上最悪の失意のどん底に突き落とすことになるだろうという予言が現実のものになりつつあった。現時点ではバルセロナがスペイン・リーグのチャンピオンだった。奇跡が起こるまでに残された時間は一分——それにレフェリーが加えるアディショナル・タイム——だけだった。

奇跡が起こった。フィールドにいる選手はもちろん、観客席にいる者もまったく予測していないときに奇跡が訪れた。フィールド上ではデポルティーボの選手たちがなんとかゴール・ネットを揺らそうと駆けまわっていたが、疲労のあまり思ったように足が動かなくなっていた（中には、ベベートのように足を引きずっている者もいた）。観客席にいるファンは、最初のうちこそ勝利を確信して大騒ぎしていたが、今ではチームが悲劇的な結末を迎えるにちがいないと思って歓声を上げることもなく力なく見つめていた。そのとき突然、デポルティーボのフォワードのひとり、フランだったかベベート（スタジアムは張り詰めた雰囲気に包まれていた上に、ジュキッチは相手方のバレンシアのエリアから遠く離れたセンター・バックを守っていたので、誰なのかわからなかった）が、敵のエリアに大胆に切り込み、相手チームのディフェンダーのひとりをかわしたが、その際相手方の選手が彼の足を引っ掛けた。試合を見つめていた観客やテレビで観戦していた人たち（スペインと世界中の何百万人もの人たち）が息を呑んだ瞬間、レフェリーがピーッと笛を吹いてペナルティー・キックを宣告したのだ。

フィールド上は大混乱に陥った。それまで静まり返っていたデポルティーボ・デ・ラ・コルーニャのホーム・スタジアムの観客席は、かつて耳にしたことのないほど大きな歓声に包まれた。祖国にいるときもジュキッチはファンの歓声を聞いたことがあるが、それとは比較にならなかった。遠く離れたバレンシアのエリアでは、相手方の選手たちがレフェリーに詰め寄って、ペナルティー・キックの決定を取り消すよう求めていた。しかし、ジュキッチの耳にはスタジアム全体に響き渡る《ペナルティーだ！》、《本当だ！》、《レフェリーがホイッスルを吹いたぞ！》と叫ぶ耳を聾するような絶叫しか聞こえなかった。デポルティーボの選手の中には、事態が呑み込めず頭を抱えているものもいた。また、ゴールキーパーのリアーニョのように信じがたい幸運をもたらしてくれた天に向かって十字を切るものもいた。まさにありえない奇跡が起こった瞬間だった。

より正確に言うと、奇跡が起こる可能性が出てきたということだった。というのも、レフェリーがホイッスルを吹いてペナルティー・キックを宣告したが、奇跡を起こすにはそれを決めなければならない。このような状況下でボールをキックできる勇気ある人間は一体誰なんだろうと考えていて、ジュキッチはふとドナートがすでにフィールドから姿を消していることに気づいた。数分前、自暴自棄になった監督のアルセニオがドナートに代えて別のフォワードを送り込んだのだ。監督が交代を告げたとき、ジュキッチはほかのチーム・メイトと同じように——敗色の濃い試合——を勝利に導こうと必死になっていたので、それがどういう結果をもたらすかまでは考えもしなかった。しかしあの瞬間にはじめて、フォワードが交代したのだから、ペナルティー・キックを蹴るよう指名されるのは自分しかいないことに気づいた。事実、チーム・メイトたちは彼の姿を目で追い、ベンチにいる全員、つまりアルセニオ、チーム・ドクター、トレーナー、控えの選手たち（その中にはドナートの姿もあった）が立ち上がって、彼にバレンシアのエリアへ行くよう身振りで合図した。突然、スタジアム全体が重圧となってのしかかってくるように思われた。

しかし、彼は動じなかった。それまでの長いサッカー人生の中で何度となく厳しい局面を迎えたが、今回のような決定的な瞬間を迎えたのははじめてだった。似たような状況といえば、遠い祖国で一部リーグのラード・ベルグラードでデビュー戦を飾ったとき、あるいはスペインのデポルティーボ・デ・ラ・コルーニャで迎えた最初のシーズンで、観客席で火事騒ぎが持ち上がるほどの激しい試合の末、選抜チームに昇格したときくらいのものだった。それにこの国でなく、祖国の暮らしの中で経験したこと、たとえばサッカーに専念しようとそれまで働いていた職場を捨てたとき（おかげで父親はその後しばらく口をきいてくれなかった）、あるいはラードに在籍中に兄が交通事故で亡くなったときのことなどが思い出された。

観客が絶叫し、チーム・メイトが励ましの言葉をかけてくる中、彼はフィールド上を駆けた。ただ、チーム・メイトの激励の言葉は《左サイドを狙え！》、《右だ！》、《思い切り叩き込むんだ！》、《力まずにキックしろ！》……といったように互いに矛盾していた。みんなからジュッカと呼ばれていた彼の脳裏に、かつて町の牧草地でボールを蹴っていた時代から、国土を荒廃させている戦禍を逃れ、金を稼ぐためにデポルティーボ・デ・ラ・コルーニャと契約を結ぶまでの長い道のりがよみがえってきた。おぼろげな記憶の中で、サッカーに熱を上げたりせず勉強に精を出すようにと、父親が息子のサッカー・ボールに穴をあけたこと（日曜日にもらうおこづかいですぐに修理した）や、反対していた（くず鉄屋の）父親が、捨てられた部品を集めて彼のために自転車を組み立ててくれたことが記憶によみがえってきた。父は自転車があれば、あの地方の主都であるシャバツまでトレーニングにいけるだろうと考えたのだ。セルビア二部リーグのマチュヴァと契約したが、そこで最初の挫折を味わい、失意のあまり一度はサッカーを断念した。その後、鉄道会社に勤務しながら、午後は首都の別のチームであるジェレズニチャルでトレーニングするようになった。かつて一部リーグでプレーしたことのある同じ町出身のサッカー選手ミリンコヴィッチが、仕事を辞めないという条件で紹介してくれたジェレズニチャルでいい成績を出した。その後、マチュヴァに戻って活躍するようになり、プロのサッカー選手として給料をもらえるようになった。二年後、ラード・ベルグラードと契約を結び、スペインの金に換算して二百五十万ペセータの報酬をもらった。その金ではじめて車を買い、彼が町に戻ったときにゆっくりできるようにと、兄のミロシャヴが建ててくれた家の空調設備の金は自分で払った。ふし、結婚したばかりのツェツァを連れてシュティタルまで旅行したときのことを思い出した——そのせいで自然と口元がほころんだ。あの頃、首都で三番目のクラブ・チームから金を受け取ったが、そのときに果たして一生かかっても使い切れないのではないかと考えたことなどが記憶によみがえってきた。

実を言うと、彼が歩んできた道は決して平坦ではなかった。ほかの選手たちと違って、サッカーをはじめて以来、彼が手に入れたものはすべてたゆみない努力の賜物だった。バレンシアのエリアに向かって歩きながら、これまでのサッカー人生で何度か重大な局面を迎えたが、そのたびに幸運に恵まれてきたことに思い当たった。まるで誰かが自分の運命を見守ってくれているような気さえした。サッカー人生を決定づけるような大きなチャンスが訪れてくるたびにうまく乗り切れたとき、あるいはすべてが裏目に出て、何もかもうまくいかないときに、何か、あるいは誰かが背中を押して前に進ませてくれたとしか思えなかった。そうでなければ、たとえばサッカーをやめたときに、ミリンコヴィッチが試合をするようにとジェレズニチャルにつれて行ってくれたことや、デポルティーボでアルセニオの監督補佐をしていたファン・バリェスタが、彼に会うためにわざわざ自宅まで足を運んでくれるというようなことが起こるはずがなかった。それにあのときは、偶然まで味方してくれた。あとで聞いた話だが、(デポルティーボ・デ・ラ・コルーニャがリベロを探していたので)バリェスタはレッド・スターとパルチザンの試合を見るためにベルグラードに来たのだが、町に知り合いがおらず時間を持て余して、ラードの試合も見てみようと考えた。幸い、ラードは人気のある二チームが行う試合と重ならないよう土曜日の夜に試合を組んでいた。その日の試合で、ジュキッチは最高のプレーを見せた。それだけではなかった。調子を落としていたレギュラー選手に代わって(本来、彼のポジションはセンター・バックだったが)たまたまリベロとしてデビュー戦を飾った。その試合を見て、すばらしい選手がいることに気づいたバリェスタは、当初の目的はレッド・スターとパルチザンの試合の偵察だったのに、そちらをほっぽり出してジュキッチのプレーを見るために滞在を二週間延長した。本人はむろん何も知らなかった。数日後、彼の所属しているクラブ・チームにバリェスタが現れて、デポルティーボとの契約話を持ち出したのだが、そのようなチームの名前をジュキッチは一度も耳にしたことがなかった。(フランスのパリ・サンジェルマンFC、あるいはベルギー・リーグのスタンダール・リエージュといったもっと有名なチームから声をかけられていた)彼はその申し出を断った。それどころか、スペインのスカウトの車が家の前に停まると、顔を合わせたくないので姿を隠したほどだった。しかし、最終的に契約の話を受け入れた。彼としては金を稼ぎたかったのだが、大きなチームとの契約交渉は一向に進展しなかった。あのときに――とフィールド上でジュキッチは思った――頭上で幸運の星が輝いたのなら(デポルティーボ・デ・ラ・コルーニャに移籍してからも幸運の女神はずっと微笑み続けてくれた)、サッカー選手としての人生で決定的な意味をもつ瞬間を前にしている今回も、その星が輝いてくれるはずだ。

レフェリーが(一瞬同情するような目でちらっと彼の方を見て)ボールを手渡したが、そのときにはもう覚悟ができていた。ほかに選択肢がなかった。ここで尻込みして(ほかの選手だったらそうするかもしれないが)、べつのチーム・メイト、たとえば伊達に高い給料をもらっているわけではないスター選手のベベートに責任をおっかぶせることもできなくはなかった。しかし、ジュキッチはそのような局面を前にして二の足を踏む人間ではなかった。わずか十五歳でシャバツのチームでプレーをはじめて以来、つねに前を向いて戦ってきた。ここで逃げ出したりすれば、チーム・メイトたちが許してくれないだろう。それにまた、今回はこれ以上ない最高の見せ場なので、ペナルティー・キックをミスすることは許されないだろう――とそのときに彼は考えた。

ボールを受け取ると、いつものように両手で押さえた。空気がしっかり入っているかどうかを確かめた。しかし、空気不足になっていたのは彼の方だった。ペナルティー・キックの瞬間が近づくにつれて、胸が苦しくて息ができなくなっていくように感じられた。近くにいたチーム・メイトのひとりが、《ゴール・ポストの足元を狙え! さあ、思い切ってキックするんだ、ジュキッチ!……》と言った。レフェリーがこういう場合決まって口にする、規則をちゃんと守るよう、走り出したら途中で止まらない、ホイッスルが鳴る前にキックしてはいけない……といった注意事項を口にしたが、耳に入らなかった。決定的瞬間が近づくにつれて大歓声が少しずつ小さくなっていったが、それさえ気づかなかった。ジュキッチの耳に聞こえていたのは、自分の心臓の鼓動と切れ切れいだった。

のあえぐように激しい息遣いだけだった。生まれてはじめてどうしようもない不安に襲われたせいだった。

彼は平静さを取り戻そうとした。息苦しくなったので大きく息を吸い込んだ。しかし、空気が胸のあたりで止まってしまい、肺まで届かないように感じられた。肺が何かでふさがれてしまい、空気がそこまで届かないような気がしたのだ。ジュキッチはもう一度大きく息を吸い込もうとした。指定された場所にボールを置き、数歩うしろに下がった。目の前のボールとゴールとの中間にレフェリーがいて、バレンシアのゴールキーパー（ジュキッチはそのときはじめてゴールキーパーに目をとめたが、キーパーは赤と黒のユニフォームを着た色の黒い男だった）に注意を与えていた。ジュキッチは気持ちを落ち着かせようとして、あの男も自分と同じように緊張で息苦しくなっているはずだと考えた。だからといって、自分の気持ちが落ち着いたわけではなかったが、少なくとも少しばかり考える余裕ができた。その瞬間までの試合の流れを事細かに振り返ってみたが、自分がペナルティー・キックをどう決めればいいかまでは考えられなかった。

トレーニングをしているときにチーム・メイトと一緒に、試合がゼロ対ゼロ、あるいは同点で進み、しかも残り一分で試合が終わる、そこで突然レフェリーがホイッスルを吹き、ペナルティー・キックを宣告するという、実際にはありえないような状況を想定して何度も楽しんだことがあった。さあ、誰が蹴る？　どういうキックにする？　ジュキッチは（デポルティーボだけでなく、少年時代から所属していたすべてのチームの）仲間たちと一緒に、そうした遊びをして楽しんだものだった。しかし、トレーニング中のお遊びが現実のものとなり、しかも今は考え得る限り最悪の状況にあった。つまり、彼のペナルティー・キックですべてが決まるスペイン・リーグ最終戦の、最後の一分という極限状況に身を置いていたのだ。

トレーニング中は、誰よりも先にペナルティー・キックをしていた――そのことをジュキッチは思い出した。それとともにマチュヴァ時代のこと、さらにもっと昔のことも記憶によみがえってきた。シュティタルの友人たちと一緒に試合をしていた頃は、小柄ではあったがフォワードをしていた。実を言うとジュキッチは十五歳まで体が小さかった。そんな彼が、体格が倍ほどもあるプレイヤーのいる相手チームを翻弄して怒り狂わせるところを、一目見ようと大勢の観客が押しかけた。しかし、十六歳ごろから急に体が大きくなりはじめたので（一年で身長が二十センチ伸びた）、コーチはポジションをまずセンターに移し、最終的にディフェンダーに固定した。というのも、背が高いだけでなく、体幹も強かったので、相手方のフォワードと十分渡り合えると考えたのだ。しかし、彼は守備よりも攻撃の方が好きだった。ゴールキーパー、あるいは味方のディフェンダーからボールを受けると、鮮やかなテクニックで目の前に現れる敵の選手をかわしながら、フィールドを駆け抜けるのが楽しくて仕方なかった。そのせいで、彼のポジションががら空きになるのに気づいたコーチから何度も怒鳴りつけられた（アルセニオも彼がフィールドのセンターから前に出ることを禁じた）。しかし、生まれついての本能に導かれて、チャンスが訪れると間髪をいれずに一気に攻め上がった。味方がコーナー・キックをする際は相手方のエリアまで攻め込んだ（それは認められていた）。それゆえ、トレーニングのときは真っ先にペナルティー・キックをさせてもらっていた。そういう場合、ゴールキーパーの読みの裏をかいて、右側か左側を狙ってボールを蹴り込んだ。

しかし、今回は事情が違う。一か八かの大勝負で、小手先の技巧を弄する場合ではなかった。ここはテクニックや母親から言われた言葉など忘れて、ボールをゴールに蹴り込む、つまり狙いを定めて力いっぱいキックすることが求められている。というのも、ボールがゴール・ネットを揺らしさえすれば、誰もテクニックがどうのこうのと言ったりしないはずだったからだ。逆の場合も同じだった。ただ、ミスをすると人からあれこれ言われるだけでなく、死ぬまで忘れることのできないほど大きな挫折感を味わうことになるだろう。しかし少なくとも、あのような場でいいところを見せようとしてミスキックをした、と言われることはないはずだ。

あれこれ考えている余裕はなかった。ジュキッチの耳に突然ホイッスルの音が飛び込んできて、そのときが来たことに気づいた。(いつものようにそれまではゴールが巨大な口をあけているように思えたのに)ゴールキーパーのユニフォームが青い染みとなって急に大きく膨れ上がり、目の前にあるゴール全体をふさいでいるように思えた。近くに人の姿はなかった。ただ、黒い染みを思わせるレフェリーがまるで刑罰を下そうとしているかのように彼の右側に立っていた。(ゴールの後方に集まっている両チームの選手たち、観客、警官、それにカメラマンなどの)ほかの人間の姿は消えていた。リアソール・スタジアム――それにこの広い世界――に、彼とレフェリー、ゴールキーパーの三人しか存在しなかった。

ジュキッチはペナルティー・キックを決めるためにどう蹴ればいいのかわからないまま走り出した。何も考えられなかった。ここまでくれば、もうどうしようもない。ボールを見ることなく、(今の彼に欠けている)空気を蹴るようにキックした。数秒間、ゴールに向かっていくボールを見つめた。キーパーの赤い染みがゆっくり動いた。ボールの向かう先を見届けなかったし、キーパーに止められたのも見なかった。数秒後、それまで静まり返っていたグラウンドがふたたびすさまじい怒号に包まれた。バレンシアのゴールキーパーが芝生の上でばね仕掛けの人形のようにぴょんと飛び起きて走り出し、大喜びしているチーム・メイトに囲まれて飛び跳ねている姿が見えた。ペナルティー・キックを止めたのだ。

そのあとジュキッチのチーム・メイトも同じように近づいてきたが、その姿は彼の目に入らなかった。叩きのめされたボクサーのように芝生に膝をつき、兄を亡くしたときのように生きていく中で耐えがたいほどの大きな衝撃を受けると、父親が、いくら熱い思いを込めても無駄骨だよ、と口癖のように言っていた言葉を繰り返しながら、そこから逃げ出すことしか考えていなかった。

マリオおじさんの数々の旅

記憶にあるあの人はどんなときも平静だったが、内向的でとっつきにくいところがあった。おそらく何かほかのことに気をとられているか、この世界に対して憤りをおぼえていたにちがいない。親族が暮らしている家の近くに住み、親族の住む家に近いポミリアーノ・ダルコ中央郵便局に勤務していたのに、親族の住む家に足を向けることはめったになかった。ただ、日曜日の午後に時々、それにクリスマスの時期には必ず親族の家に顔を出した。そのときはもちろんおばさんと一緒に菓子とケーキを山ほど抱えて訪れた。そういうときは、いつもおばさんと腕を組んでやってきた。連れ添って長い年月が経つが、出かけるときはいつも二人一緒だった。しかし、ほとんど口をきくことはなかった。きっとお互い話すことがなくなったのね――とアレッサンドラは考えた。マリオおじさんはもともとひどく口数が少なかった。いつも聞き役にまわり、目顔でそうだねと伝えるか、何か尋ねられたときは《ああ》とか《いいや》というだけで、自分から口を開くことはほとんどなかった。ほかの人の話は自分とは関係がないという顔をしていた。

アレッサンドラともめったに口をきかなかったが、それでもしゃべることもあった。食事のあと、身内の人間に関する話、あるいは市内で最近起こった出来事が話題にのぼってほかの人たちが会話を延々と何時間も続けると、マリオおじさんは彼女を散歩に連れ出すか、車で近くをひと回りした。彼女はドライブが好きだった。彼女が生まれてはじめて乗った車がおじさんのグリーンのフィアットで、おじさんはその車を自分の息子のように愛していて、いつもジゼッタおばさんを乗せてやってきた。ただ、はじめて車に乗せてもらったときのことは、けっしていい思い出とは言えなかった。というのも、町の中を走りはじめたとたんに、アレッサンドラは車に酔って、おじさんが気づく前に食事のときに食べたスパゲッティをすべてグローブボックスに戻してしまったのだ。その頃、マリオおじさんは五十歳くらいだった。マリオおじさんの妹にあたるアレッサンドラの母親から聞いた話では、若い頃の彼はハンサムで、――おじさんの妹の話では、今と変わらない――くせのない黒い髪の毛と優雅な物腰で若い女の子たちを夢中にさせた。おじさんの物腰はあの世代の人たち特有の優雅なものだったとのことである。昔の紳士のように優雅で落ち着いた物腰はあっという間に失われてしまったが、当時のナポリではごくふつうにみられた。

マリオおじさんの世代は戦争の世代だった。映画と前衛芸術（ただ、この二つは数年遅れてナポリで受け入れられた。当時、あの町は自らの偉大な歴史に酔いしれていて、ヨーロッパはもちろん、イタリアのほかの都市とも一線を画していた）の時代として知られる二〇年代の申し子であるマリオおじさんと仲間の者たちは、困難な状況と愛国的な歌に囲まれてファシズムとともに成長した。戦争がはじまると、理由もわからないまま兵役に就いた。彼は歌にうたわれていることが真実だと思い込んでいた。おじさんはギリシアのエーゲ海に浮かぶサントリーニ島の分隊に配属された。任務はドイツ人と協力して島を監視し、その地域の制海権を掌握することだった。一方で治安維持をはかり、自分たちのように外からやってきた人間に対して陰謀を企てていると考えられる場合、そうした人間を逮捕することも任務のひとつだった。ところが、理由ははっきりしないが、赴任した年におじさんは逮捕されてしまった（のちにおじさんの隠していた秘密が明らかになったとき、アレッサンドラは憶測をたくましくした）。おじさんの身柄はヨーロッパ大陸に移され、マケドニアとの国境に近い捕虜収容所に送られた。そこで五カ月間兵舎の掃除をし、ナチスの士官の食事を作った。そのあと、まだ占領中だったトリエステに移されたが、連合国軍がシチリアに上陸し、イタリア政府がドイツと袂を分かったときに、彼はイタリア本国に送還された。

戦争が終わって、マリオおじさんが家に戻ったときはまだ二十二歳で、これから人生を謳歌しようという時期を迎えていた。一家がヴェッキオ街の中心で布地の店を営んでいたので、そこでしばらく働いた後、海運会社につとめ、最終的に郵便局で働くようになった。そこで当時秘書をしていたおばさんと知り合った。

ジゼッタおばさんとマリオおじさんは対照的な性格だった。おしゃべり好きであけっぴろげな性格のおばさんは、当時は金髪で、大きなブルーの目をしていたが、おじさんはたぶんそこに惚れ込んだのだろう。しかし、子育てと歳月のせいで老け込んでしまい、おじさんよりも一歳年下だというのに、実年齢以上に老けて見えた。ジゼッタおばさんはひねくれた性格ではなかった。それどころか、家族をこの世で一番の宝物のように思って、大切に面倒を見たし（当時の女性がみんなそうだったように、おばさんも結婚と同時に仕事をやめたのだが、おそらく家族の面倒を見るためだったのだろう）、夫の家族に対する気配りも忘れず、毎週電話をかけて様子をたずねた（おばさんは必要ならいつでも駆けつける心づもりでいた）。ただ、性格的に少し困ったところがあった。まるでマリオおじさんと一心同体であるかのように、出かけるときはいつも腕を組んでいたが、その実すべての決定権をおばさんが握っていた。時々アレッサンドラの父親は、もしあの女が自分のつれあいなら、とっくの昔に別れていただろうなと漏らした。

しかし、マリオおじさんはアレッサンドラの父親よりも辛抱強いというか、よくできた人だった。

あまりしゃべらなかったが、奥さんを大切にし、どこへ行くにもできるだけ一緒に出かけた。彼が運転席で車のハンドルを握ると、おばさんはその横に座ったし、出歩くときはいつも腕を組んでいた。おじさんが友達と出かけることはほとんどなかった。もっとも友達といっても数えるほどしかいなかったが。二人は若い恋人同士のようにいつも一緒だった。

二人は穏やかで落ち着いた老後を迎えた。彼らの生活習慣は以前と変わりなかったが、日毎に二人だけで過ごす日々が増えていった。子供たちはすでに結婚して(彼らは申し合わせたように、数年のうちに年齢順に次々と結婚していった)、イタリア全土に散らばっていった。末っ子のジョヴァンニだけがナポリで暮らしていたが、顔を合わせることはほとんどなかった。息子の妻がフォッジア出身で、毎週金曜日になると故郷の町に里帰りしていたのだ。ジゼッタおばさんはそのせいで苦い顔をしていたし、本当ならめったなことで不満を漏らすことのないおじさんの気持ちも察するべきだった。アレッサンドラの父親は、母親がその話を持ち出すたびに、罰当たりなことをする奴はいずれ高いツケを払うことになるぞと言っていた。父親がそういうことを言いはじめると、実家に帰るのは罰当たりなことじゃないと考えていた母親と決まって口論になった。しかし、一方で息子たちが妻の実家の方に帰ってばかりいるとよくこぼしていた。

マリオおじさんが定年を迎えたときに、一族の人間が一堂に会したが、それが最後の集まりになった。当時アレッサンドラは別の町にある学校で学んでいたので、母親から電話でその話を聞かされた。四十年間郵便局に勤務し、担当地域の局長にまで上り詰めたおじさんのために、同僚たちが退職記念パーティを開き、その席に一族全員が招待された。勲章が授与され、おじさんのためにエクセルシオール・ホテルで晩餐会が催された。そのあと、昔のようにディスコへ繰り出したが、マリオおじさんは結局踊らなかった。おじさんの女兄弟たちは、退職するのがつらかったからだろうと言っていた。

それ以後マリオおじさんはジゼッタおばさんと市内を散歩したり、時々親戚の家に顔を出したりするようになった。くせのない髪の毛は今も黒々としていたし、昔の良き時代に身につけた優雅な物腰も失われていなかったが、年相応に老い込んでふさぎ込むようになった。おじさんにとっては、すべてが終わってしまったのだ。友人たちはすでに年を取り——彼らと会うことはほとんどなかった——、昔の同僚たちからも忘れ去られた。あのパーティ以降、彼らとは縁が切れたのだ。当然のことだが、息子たちはそれぞれに自分の人生を歩んでいた。残されたものと言えば、ひとりで、あるいはいつも腕を組んで歩いているおばさんと一緒に死ぬことだけだった。彼の人生はあの瞬間を機に劇的な変化を遂げるのだが、あのときは誰ひとりそのようなことになるとは夢にも思っていなかった。

病気の診断が下されたときに、すべてがはじまったというのは皮肉というほかはない。

数カ月前からおじさんは体調を崩しているようで、はた目からもそれはわかった。ただ——いかにも彼らしいのだが——自分からは一切話そうとしなかった。奥さんにも打ち明けなかったが、たぶん心配させては悪いと思ったのだろう。

医者の診察を受けて、ビタミン剤と抗うつ剤を処方してもらったが、体調は悪化の一途をたどった。今では家から出ることもなくなった。窓辺に座って毎日をやり過ごすようになったが、視線と思考は遠くをさまよっていた。ある日、ベッドから起き上がることができなくなった。四十年来はじめてのことだった。そうと知って、ジゼッタおばさんは慌てふためいて息子に連絡を入れ、二人で病院へ連れて行った。

前立腺癌ですという容赦ない診断が下され、さらに追い打ちをかけて病気の進行そのものは遅いのですが、それでも余命はわずかで、あと半年もてばいいでしょう、と告げられた。

「お気の毒です」と医者から言われたとたんに、ジゼッタおばさんがわっと泣き出した。

二人は歩いて家に戻った（息子は重要な会議があると言って出かけていった）。その日二人は一日中口をきかなかった。おばさんは涙に掻き暮れ、おじさんは黙りこくったままいつものように窓の外を眺めていた。息子は二、三時間すると、両親のところに戻ってきた。

「見立て違いというのはよくあることだよ」両親を励まそうとしてそう言ったのだが、効果はなかった。

続く何週間か、マリオおじさんは家から一歩も出なかった。治療がはじまると、ひどく憔悴した。その上、髪の毛まで抜けはじめて、（つねづね身ぎれいにするよう心掛けていたので）ひどく落ち込んだ。けれども体の方は少し太ってきた。体重が二キロほど増えたにすぎなかったが、それでもおじさんは少し元気になった。

また外出するようになったマリオおじさんは、ある日海岸沿いの遊歩道を見つめながら、兄弟たちに会って来ようと思うんだと奥さんに打ち明けた。口には出さなかったが、別れを告げるつもりだったのだろう。兄弟とは手紙のやり取りをしていたし、折を見ては電話をかけたりしていたが、中にはエンリーコおじさんのように何年も会っていない兄弟もいた。

ジゼッタおばさんは慌てて息子を呼び寄せた。二人は（マリオおじさんの兄弟には、自分たちから電話を入れて会いに来てもらえるようにするからと言って）何とか思いとどまらせようとした。しかし、おじさんはすでに心を決めていた。兄弟たちと会うために切符まで買っていた。ひとりで行く心づもりをしていたので、切符は一枚しか買っていなかった。そうと聞かされて、おばさんはひどく力を落とした。

出発の日、別れを告げるためにマリオおじさんはアレッサンドラの両親のもとを訪れた。一緒に清涼飲料水を飲んだあと、妹夫婦は駅まで送っていき、彼の乗ったローマ方面行きの列車がホームから出ていくのを見送った（ジゼッタおばさんは相談もなく勝手に決めたというのでひどくむくれて、家を出ようとしなかった）。妹の話によると、おじさんはいつになくおめかしをしていたらしい。コーヒー色のスーツ、それに合った色の靴、スーツと同じ色の帽子をかぶっていた。もっとも妹婿の話では、フェリーニの映画に出てくる公務員のような感じだったらしい。

最初の目的地はローマで、そこで乗り換えてピサに向かう予定になっていた。あの町には長女に当たる姉のキアラが住んでいた。家族の中で女性といえば、彼女とアレッサンドラの母親の二人しかいなかった。その後おじさんが語った話によると、以前仕事の関係で月に一度ローマを訪れていたので、昔の思い出に浸るためにあの町に二日間滞在したとのことだった。兄弟に別れを告げるのとは別に、思い出深い懐かしい町でのんびり過ごしたかったのだ。

ピサにはわずかな時間しか滞在しなかった。キアラおばさんとはもともと縁が薄かった（というのも、おばさんは彼がまだ幼い頃にナポリから出ていったのだ）。顔を出してあいさつしただけで、何も言わずに家をあとにした。（夫と死に別れ、友達もおらずひとり暮らしをしている）姉が気の毒でならず、もう会うことはないだろうねとはどうしても言えなかったのだ。

ヴィンチェンゾおじさんが暮らすアレッツオにはもっと長く滞在した。そのおじさんとはここ五、六年会っていなかった。その点はヴィットリオおじさんも同じだった。二人とも以前よりも老け込んでいたが、いたって元気だったので、姉といるよりも気が楽だった。その二人には自分の病気のことを正直に打ち明けた。しかし、おじさんか本当に会いたいと思っていたのは兄のカルロだった。年が離れている先の二人と違って、カルロと彼は（わずか十一カ月ちがいということもあって）一緒に育ったし、七人いる兄弟の中では一番仲が良かった。しょっちゅう電話をかけあっていたし、できるだけ会って話をするようにしていた。

「よく来たな、ナポリの色男」駅からタクシーで向かったのだが、彼が降りてくるのを家の前で待ち受けていたカルロおじさんが開口一番そう言った。

兄は家の前で迎えてくれた。フィレンツェからそちらに向かうと連絡を入れていたが、時間までは伝えていなかった。

「なかなか決まってるじゃないか、マルチェロ・マストロヤンニ［一九二四～九六。イタリアの代表的な映画俳優］も顔負けだな」カルロおじさんはよく来てくれたと言って彼を抱擁しながら、帽子に目をとめてそう軽口を叩いた。

カルロおじさんは心から喜んでくれた。二人はここ二、三年会っておらず、話すことが山ほどあった。滞在中は毎晩とまでは言わないまでも、休む暇がないほどあちこち連れまわされた。

「今日はザンボーニ通りで夕食をとろう。で、明日は友達がやっているバルへ行って……。ボローニャの料理もなかなかのものだぞ。うまいものが食べられるのは南部だけだと思い込んでいるんじゃないだろうな？」

マリオおじさんは黙って耳を傾けていた。一緒にいて、兄のうれしそうな顔を見ているだけで幸せな気分になり、すべてを兄に任せた。夜、ミケーラおばさんがベッドに入ると、二人はそのまま何時間も話し込んだ。長い間会っていなかったので、積もる話が山ほどあったのだ。夜には、時々トランプで遊んだが、昔と同じでマリオおじさんは負けてばかりいた。そんなおじさんをからかって兄がこう言った。

「いつまで経っても腕が上がらんな」

しかしマリオおじさんは今回の訪問の本当の理由を切り出すことができなかった。せっかく会いに来てくれたと喜んでいるのに、水をさす気になれなかったのだ。なによりも兄弟二人が一緒に過ごせる最後の日々を暗いものにしたくないという気持ちが働いた。少なくとも彼はそう考えていた。最後の夜に、思い切って打ち明けることにしたが、その場にはおばさんも同席していた。

「実をいうと、ぼくはあまり長く生きられないんだ」と彼は言った。「あと数カ月だと思う。癌なんだ」

兄は黙り込んだ。カードを集めると、テーブルの上にまとめて置き、それをじっと見つめた。なぜマリオおじさんが訪れてきたのか、その理由がようやく呑み込めたのだ。

「だけど、気にしなくていいよ」正直に打ち明けたばかりに重苦しい雰囲気になるのが嫌だったので、ほほえみを浮かべながら言った。「兄さんがあとからくれば、あの世で今まで通りカード遊びができるからね」

カルロおじさんは返事をしなかった。タバコに火をつけ、はじめて弟の顔を見るような表情を浮かべた。

そのあと、数秒して口を開いた。

「おれも話しておかなければならないことがあるんだ」兄がそう言うと、ミケーラおばさんが席を立った。


ミラノに向かう列車のコンパートメントにいるマリオおじさんの耳の中では、兄の言葉がまだ響いていた。響くというよりも、彼が自分自身に向かって繰り返していたのだ。

「彼女はお前のことを忘れちゃいなかったよ。あれから長い年月が経つので信じられんだろうが、今もお前のことを忘れちゃいないよ」

車窓の向こうをポー川の作り上げた平野のやさしく穏やかな風景が、舞台装置のように流れていた。マリオおじさんはハイウェイと村々の間に広がる耕作地も、ぶつかりそうなほど近いところを通り過ぎていった遮断機も見ていなかった。おじさんが車窓の向こうに見ていたのは、兄の顔、そしてその向こうに色が浅黒くてまだ若い女性の顔が見えていたが、遠い過去の記憶なので、全体にもやがかかってぼやけているような感じがした。

彼も彼女のことを忘れていなかった。(何度となく彼女と愛し合ったサントリーニの海岸、彼を大陸へ運んでいく船が出港した)あの場所で別れてから半世紀ほど経つというのに、彼女のことが忘れられなかった。誰よりも信頼している兄のカルロにも決して本当の気持ちは打ち明けなかった。ほかの思い出とともに、誰にも知られることなく(そうすれば誰も傷つかないだろう)、あの世へ旅立つつもりでいた。思い出というのは心に秘めておけばいい、そうすれば人を傷つけることはない、彼はそう考えたのだ。だから兄のカルロから、あの頃マルシアはお前にずっと呼びかけ続けていたんだと聞かされて、凍り付いたようになった。言葉が出なかったのだ。

兄弟の中でマルシアとのことを知っているのは、兄のカルロだけだった。前線から戻ったときは、彼女にまた会えるだろうと思っていたので、兄に彼女のことを話した。マルシアと離れ離れになってからは、捕虜収容所が変わると、そのたびに彼女は新しい収容所に手紙を書いてきた（彼は彼で返事を書き続けたが、彼女の手紙と違って彼の返事は途中でどこかへ行ってしまったり、ドイツ人の手で破られたりするというトラブルが相次いだ）。戦争が終わったら、彼女を捜し出して結婚式を挙げ、イタリアに連れ帰って一緒に暮らそうと思っていた。しかし、向こうへ行こうにも旅費がなかった。彼は前線から戻ったばかりだったし、（戦争のせいでナポリの町は荒廃し、ものがまったく売れなくなり）両親が経済的に困窮していたこともあって、ギリシアへ行くことなど夢でしかなかった。最初、家族の経営する店で働き、その後海運会社に勤務し、その間にひそかにギリシアへ行く旅費を貯めようとした。マルシアとは文通を続けていた。彼は毎日手紙を書き、君に会いたくて仕方ないと書き綴った。彼女は事情が許すまでいつまででも待つと返事を寄こした。郵便局に勤め、（かなりの給料をもらうようになって）もう少しで夢がかないそうになった頃、突然、彼女からの手紙が届かなくなり、まるで亡くなってしまったかのように、音信が途絶えた。

マリオおじさんは何カ月もひたすら待ち続けた。毎朝オフィスへ行くと、デスクの上に積んである自分宛ての書簡すべてに目を通したが、彼女からの手紙は見あたらなかった。悲しみは深まるばかりで、どうしていいかわからなかった。彼はいつも通り二日に一通手紙を書くようになった（やがて毎日のように、ついで助けを求める遭難者のように、何度かは一日に何通も書くようになった）。それでも返事は来なかった。まるで彼女がこの世から姿を消してしまい、手紙は海に、あるいは彼が働いている郵便局にのみ込まれてしまったように思われた。というのも、自分の書いた手紙が返送されてくることもなかったのだ。郵便物を船倉に積み込んで行き来していた船が沈んで、彼の手紙はもちろん、彼女の手紙も海の底に沈んでしまったように思われた。おじさんは何か大変なことが起こったにちがいないと考えるようになった。

何があったのか想像もつかなかった。もしマルシアの身に何かあったのなら、(友人や家族の者がいるのだから) 誰かが教えてくれただろうし、ありうることだが、マルシアが待ちきれなくなったのなら、彼女の方から手紙でそう言ってきたはずだ。要するに、自分が彼女を欺いたわけではない。おじさんがギリシアまで行く旅費と、二人してイタリアに戻ってくるための費用が貯まるまで待つしかないことは彼女も理解しているはずだった。しかし、そうしたことは何ひとつ起こらなかった。その後数カ月間、マリオおじさんはひたすら手紙が届くのを待ち続けたが、だんだん気持ちが萎え、苦悩が深まっていった。思い切って何も言わずにサントリーニまで行ってみようかとも考えたが、ある友人から旅費を借りて、いざ出発する段になって怖気づいてしまった。急に真実と向き合うのが怖くなって旅行を取りやめ、彼女から便りが届くのを待ち続けることにしたとも考えられるし、あるいは心騒ぐ夢を見てハッと目が覚めたものの、二度とその夢を見ることはないだろうと考える、それと同じように、彼女のことを少しずつ忘れていくことにしたとも思われる。彼はこの五十年間、何とかして忘れようとしてきたが、記憶から完全に消し去ることはできなかった。しかも、長い年月が経った今になって兄の口から、マルシアの身にも同じことが起こっていたと知らされた。彼女もずっと彼のことを思い続け、手紙を書き続けていた (しかし、なぜか手紙は一通も届かなかった)。そして、彼女は思い余ってナポリにやってきた。ところが、何とも運の悪いことに、その直前にマリオおじさんは当時自分の秘書をしていたジゼッタおばさんとすでに結婚式を挙げていたのだ。

「かわいそうに、彼女はおどおどしていたよ。イタリア語と言っても、お前に教えてもらった少しばかりの単語しか知らなかったしな。あの日はおやじとおふくろがどこかに出かけていて、店にはおれしかいなかった。彼女は《マリオ、マリオ……》と繰り返すばかりで一向にらちが明かなかった。彼女が写真を見せてくれなかったら、お前だとわからなかっただろう。お前が前線から戻ってきたときに、ギリシア人の女の子の話をしたが、そのことを思い出したんだ。そこで、身振りを交え、片言でお前が結婚式を挙げたばかりで、今は新婚旅行でローマに行っていて、この町にはいないと伝えたんだ。彼女があそこまで取り乱すとわかっていたら、何も言わなかったんだがな。ようやくおれの言っていることが伝わったが、とたんにわっと泣き出して、手が付けられなくなった。あのときはどうか店に客がきませんようにと祈っていたよ。あの場に客がいたら、大騒ぎになっていただろうな……。店を閉めると、彼女が泊まれるホテルを探した。宿泊費を払い、一緒に夕食をとったが、かわいそうに彼女はずっと泣きっぱなしで、食事には手を付けなかった。レストランの客がひとり残らずこちらの様子をうかがっていることに気づいて、居心地の悪い思いをした。連中はおそらくおれが彼女を捨てたと思ったんだろう。翌朝、お別れの挨拶をしようと思いホテルに行ったが、彼女はもういなかった。書置きひとつ残さずに……。その話はわざと伏せておいたんだ。お前は結婚したばかりだったので、知らない方がいいと思ってな」

カルロおじさんはそこで一息ついた。そして、黙って聞いている弟の方をちらっと見た。

「それ以外のことは先に話した通りだ。それから長い年月が経って、彼女は電話帳か何かでおれの電話番号を見つけ出し、ある日、突然電話をかけてきた。むろん、お前のことを聞き出すためだ。以来何度か電話をしてきたが、最後はほんの三カ月前だ」

マリオおじさんは急に現実に立ち返った。車窓の向こうに見える風景が終着駅の近いことを告げていた。ロンバルディアの緑に包まれたやさしい平野に代わって工場群が姿を現しはじめた。(日が暮れてきたので)いくつかの工場は明かりがついていた。延々と続く工場の建物のまわりにはビルが点在していた。遠くに目をやると、北部地方の主都であるミラノの町が見えた。その工業都市にジーノおじさんが暮らしていた。実を言うと戦争が終わったときに、マリオおじさんも南部の多くの人と同じようにあの町に移住しようと考えた。もし移住していたら、今頃どうなっていただろう? どんな人生を送っていただろう?

列車は駅のホームに入った。マリオおじさんは立ち上がって、帽子と手荷物を持った。完全に停車するのを待っているときに、ふと、カルロおじさんが最後に言った言葉がよみがえってきた。

「もうすべて終わったことだ。今さらどうにもならん」

マリオおじさんのミラノ滞在はボローニャのときとまったく違うものになった。理由はジーノおじさんとその家族が彼の訪問を歓迎しておらず(本当はその逆で、何年も会っていなかったので向こうの家族はわくわくしながらおじさんの来訪を待ち受けていた)、無理をして彼を喜ばせようとしていたからではなかった。マリオおじさんの方がほかのことに心を奪われていたせいだった。兄のカルロからあの話を聞かされたのが原因で、医者から病気の宣告を受けたときのようなショックを受けていたのだ。

ジーノおじさんの方は、弟が来てくれたというので大喜びしていた。言うまでもないがエンリーコおじさんを別にすれば、兄弟の中でナポリからもっとも遠い土地に住んでいるせいで、兄弟たちとめったに顔を合わすことがなかった。だから、わざわざ会いに来てくれたのがうれしくて仕方なかったのだ。ジーノおじさんは懸命に一番下の弟を喜ばせてやろうとした。市内はもちろん郊外へも連れ出し、スカラ座やサン・シーロ・スタジアムにも案内した（ナポリ生まれで、今もサッカーチームのSSCナポリを応援しているジーノおじさんと違って、マリオおじさんはインテル［イタリアのサッカーチームで、インテルナツィオナーレ・ミラノのこと］のファンだった）。その上、兄が四十年間働いていた工場にまで連れて行ってくれた。郊外にあるその工場はとてつもなく大きくて、トラクターや農業機械を作っていた。二千人以上いる従業員のほとんどが、ジーノおじさんと同じイタリア南部からやってきた人たちだった。

「わしの弟だ」と昔の仲間をつかまえて自慢げに彼を紹介した。

マリオおじさんは紹介された人たちに挨拶し、興味ありげな顔をして話を聞いていたが、見るものすべてが自分とかかわりのないものに思えた。ふと、家に帰りたくなったが、そんなことを考えたのは、今回の旅行ではじめてだった。（それまで一度も電話をしていなかった）ジゼッタおばさんが恋しくなったからではなく、ミラノにいる自分がよそ者のように思えてならなかったのだ。灰色のビルが建ち並び、つねに霧に包まれたあの町がひどく物悲しく感じられたし、住民もまたひどく取りすましているように思えた。親しみを感じたのは、ほとんどが南部からの移住者であるジーノおじさんの友人たちだけだった。しかし、一方でそんな彼らが痛ましくてならなかった。彼らは南部の貧しい町や村の出身者で、故郷を懐かしがっていた。家族はいたが、彼らはもはや南部の人間でも北部の人間でもなく、どこへ行ってもしょせんよそ者でしかなかった。灰色の建物で暮らし、友人といえば親戚の者と仕事仲間だけで、市内に住む人たちとはほとんど付き合いがなかった。町の人たちは彼らを迎え入れ、仕事を与えてくれたが、心の底では軽蔑していた。ある日カルドゥッチ通りを散歩しているときに、壁に《北部は北部人の土地だ》と書かれたポスターが貼ってあるのにマリオおじさんは目をとめた。足を止めてしばらくそれを眺めた。しかし、ジーノおじさんはまったく気にかけていなかった。彼がポスターの話をすると、もううんざりだ、という返事が来た。もっとひどいことが書いてあるのもある。

「あんな風にばかにされてもかまわないの?」そのまま散歩を続けながらマリオおじさんは怪訝そうに尋ねた。

しかし実をいうと、ミラノ滞在中のマリオおじさんの心に暗い影を落としていたのは、ミラノの町でも、その住民でもなければ、以前からおじさんの内臓を食い荒らし、今回のようにあちこち旅している間もその冷酷な作業を休みなく続けている蟹（おじさんは自分の病気を蟹のイメージでとらえていた）でもなかった。ミラノの霧と工場から出る煤煙を別にすれば、おじさんの心に影を落としていたのは、どこまでも付きまとって離れないマルシアの思い出だった。甥っ子のひとりが、ミラノに滞在している間はここを使っていいよと言って、部屋を空けてくれた。その部屋で眠っていると、時々真夜中に急に彼女のことを思い出すことがあった。その思い出は絶え間なく打ち寄せてくる波と光、それにカルロおじさんが何度もしつこく繰り返した言葉と一緒によみがえってきた。

「お前のことを忘れていなかった。あれから長い年月が経つので信じられないかもしれないが、お前のことを忘れちゃいなかったんだよ」

ある夜マリオおじさんはベッドから起き上がって、窓の外を眺めた。何時間もベッドに横になって眠ろうとしたが、どうしても寝つけなかったのだ。カルロおじさんの言葉が何度も思い出されて、夜が更けるにつれてマルシアのイメージが膨れ上がっていった。通りに人気はなく、明かりと言えば遠くで点滅している信号機と音もなく走り去っていく車のヘッドライトくらいのものだった。車はパーティの帰りか、これから勤め先に向かう人が運転しているのだろう。時間は明け方の五時だった。

おじさんはベッドに戻った。もう一度眠ろうとしたが、目が冴えて夜が明けるまでまんじりともせず壁に浮かび上がるマルシアの顔を見ていた。そのとき、彼女に会いに行こうと心に決めた。

朝、起きるとすぐに電話ボックスを探し、カルロおじさんに電話をかけた。兄嫁はすでに食事の用意をしていたし、ジーノおじさんは出かけていた。その日はみんなでガルダ湖に面したサローの町へ行くことになっていた。

いつもと変わりなく気の置けない親しみのこもった兄のカルロの声は、すぐそばにいるようにはっきり聞き取れた。

「やあ、どうだい元気にしているかい？　ポレンタ［イタリア北部で好まれる料理］が大好きな連中にバカにされていないだろうな？」彼はミラノ人のことをポレンタに目のない連中と呼んでいたが、その中にはジーノおじさんの家族も含まれていた。南部のことばでポレンタに目のない連中といえば、向こうに移住した人たちも含めてボローニャから北に住む嫌な連中という意味になる。

「ああ、元気だよ」とマリオおじさんはひどく生真面目な口調で言った。

「ジーノは元気にしているかい？」

「兄さんも元気にしているよ」マリオおじさんはもう一度同じ言葉を繰り返した。

カルロおじさんは例の調子で長話をはじめたが、弟はその言葉を遮るようにこう言った。

「兄さんに電話をしたのは、マルシアの電話番号を聞きたかったからなんだ……。知っているよね？」

電話口の向こうにいるカルロおじさんが急に黙り込んだ。弟がそのようなことを言い出すとは夢にも思っていなかったのだ。

「どうして知りたいんだ？」しばらくして、ひどく真剣な声でそう問い返したが、訊くまでもないことだった。


相手が電話口に出るまでしばらくかかった。受話器はまるでケーブルが破損しているようにひどく奇妙な音をたてはじめた。そのあと呼び出し音が鳴る前に一瞬途切れた。次いで、遠く離れた土地で弱々しい呼び出し音が鳴り、相手が受話器を取るまでに時間がかかったので、マリオおじさんはひょっとすると兄が教えてくれた電話番号は間違っているのではないだろうか、あるいはあのとき兄さんが言っていたように、電話番号が変わってしまったのかもしれないと不安になりはじめた。しかし、間違いではなかった。マルシア自身が電話口に出たのだ。最後に彼女の声を聞いてから五十年の歳月が過ぎ去っていたが、すぐに彼女の声だとわかった。以前よりもかすれていたが、彼女の声に間違いなかった。しかし、二人の会話はひどくちぐはぐなものになった。マリオおじさんは気持ちが高ぶっていたし、彼女は驚きのあまり言葉が出てこなかったのだ。その上マリオおじさんはサントリーニ島で暮らしていたときに覚えたわずかばかりのギリシア語を忘れていた上に、彼女のイタリア語も似たようなものだった。電話で別れを告げるときに、彼女は若い頃と同じように別れの言葉を口にしたが、それはきちんと言えた。

「それじゃあ（チャオ）、愛しい人（ベーロ）」

「じゃあね（チャオ）」おじさんに言えたのはそれだけだった。

マリオおじさんは電話を切ると、周りを見回した。ひどく混乱していた。今マルシアと五分ほど（ポケットの小銭ではそれだけしか話せなかったのだ）しゃべったばかりだというのに、あっという間に過ぎ去ったように思えて、実のところ何をしゃべったのか覚えていなかった。加えて言葉がうまく通じなかったこともあり、どこかで会おうと約束することさえ忘れていた。

あの日は兄の家族と一緒に水上バス（ヴァポレット）でガルダ湖を巡り、そのあと食事のできる店で昼食をとったが、マリオおじさんはその間ずっとマルシアと交わした会話のことを思い返していた。一方、他の人たちはおしゃべりをしたり、軽口をたたいたりしていたが、彼はほとんど会話に加わらなかった。マルシアと妻のことを考え、これまで空しく過ごしてきた年月に思いを巡らせたが、そのようなことは一度もなかったので自分でもびっくりした。

夜になってふたたびギリシアに電話をかけた。マルシアは先ほど以上に驚いていたが、二人とも前のときよりも落ち着いてしゃべることができた。それに時間も十分にあった。互いに午前中に語り合えなかったことを残らず話すことができた。彼は明日またかけるよと言って受話器をおろした。

翌日、兄のエンリーコに会うためにミラノからスイスに向かったが、そこが今回の大旅行の最終目的地だった。そこからふたたび彼女に電話をかけ、自分たちの身に起こったことを話し合った。彼女は彼のことを多少知っていた（むろんカルロおじさんから話を聞いていたのだ）が、マリオおじさんの方はボローニャでカルロおじさんから聞いた話しか知らなかった。

マルシアは以前に一度結婚していて、息子がひとりいた。彼女自身は今もサントリーニ島で暮らしており、島から外に出たことがなかった。夫と早くに死に別れ、息子はサントリーニ島の多くの若者と同じように、首都で暮らすと言って島を出ていったので、長年ひとり暮らしをしていた。

「あの子の名前を知ってる？」息子の話が出たときに、マルシアがそう尋ねた。

「さあ……父親と同じ名前だろう」とマリオおじさんは答えた。

「ちがうわ。あなたの名前を付けたのよ」それを聞いて、おじさんは息ができなくなった。マルシアから打ち明けられて、彼女がどれほど深く自分を愛してくれていたかに思い当たったのだ。「ほかに思い浮かばなかったの」とマルシアが悲しそうに言った。「夫はすぐに病気になってしまったし……」

マリオおじさんは声が出なかった。そんな風に打ち明けられて驚くと同時に困惑して、何と返していいかわからなくなり、満足にお別れの言葉も出てこなかったが、すぐにまた連絡するよとだけ伝えた。受話器を下ろすと、食事をしようとエンリーコおじさんが待っているテーブルに戻った。

エンリーコおじさんはまったく気づいていなかった。長年会っていないこともあって、一番下の弟の様子がおかしいとは思わなかったのだ。

エンリーコおじさんはかなりの歳だった。二十歳そこそこでスイスに移住して以来ずっとそこで暮らしてきたので、スイス人になり切っていた。妻はスイス人で、二人の息子は父親がイタリア料理を出すホテルの経営者だというのに、イタリア語を満足にしゃべれなかった。エンリーコおじさんとマリオおじさんはそのホテルの店のテーブルのひとつに座っていた。

「ここはわしが生涯かけて築き上げた店なんだ」と客のいない店を見回しながらエンリーコおじさ

んは誇らし気に言った。その日は休みの日だったが、二人のために開けてくれていたのだ。

「とてもいい店だね」エンリーコおじさんを喜ばせようとそう言った。

「だけど、奴隷みたいなもんだよ……。ホテル業というのは、実入りはいいが、毎日店に顔を出さなくてはいかん。それなのに、息子たちときたら手伝おうともせんのだ」エンリーコおじさんはそんな風にしゃべり続けていたが、ミラノから前もって連絡を入れていたので、いちばん下の弟が突然やってきたことに驚いてはいなかった。


しかし、マリオおじさんは上の空で聞いていた。兄はその後もしゃべり続け、家族のことや若い頃の友人たち（そのほとんどはすでに亡くなっていた）のことをあれこれ尋ねた。しかしマリオおじさんの耳の中では、マルシアの声がまだ響いていて、彼女の息子の名前を聞いたときに受けたショックもまだ消えていなかった。


ベルンには一日しか滞在しなかった。兄のエンリーコはもっとゆっくりしていくように言ったし、二人が顔を合わせるのはおそらく今回が最後になるだろうとわかってはいたが、マリオおじさんは（数日間滞在しようと考えていた）当初の予定を変更し、その日の夜に家に電話を入れた。今回の旅行で自宅に電話をかけたのはそれがはじめてだった。

「帰るのは二、三日遅れそうだ」と一切説明らしいことを言わずにそれだけを伝えた。

「好きにすれば」腹を立てたジゼッタおばさんは相手が何か言う前にガシャンと受話器を下ろした。


おじさんは帰宅した。それから数日後のことだった。ドアを開けると、近くを散歩してきただけだという顔をして家に戻った。以前よりも色が黒くなり、少し太ったようだった。

ジゼッタおばさんは彼が戻ってきた音を聞きつけたが、料理をしているふりをして迎えに出ようとしなかった。ひどくむくれていたのだ。

一方、マリオおじさんも挨拶ひとつしなかった。それどころか、部屋にスーツケースを置くと、今オフィスから戻ったばかりだという顔をしてふたたび出かけた。ジゼッタおばさんは自分から声をかけたり、あとを追いかけていったりする勇気がなく、夫が出ていくのをじっと見守っていた。日が暮れはじめた。夫の身に何か大変なことが、おそらく病気と関係のある深刻な事態が生じているように思われた。おばさんは夫がギリシアから戻ってきたばかりだということを知らなかった。

彼はスイスから直接向こうへ行った。エンリーコおじさんにはナポリに帰ると言ったが、ローマに向かう列車ではなくアテネ行きの飛行機に乗り、そこから船でサントリーニ島に向かったのだ。一晩中船に揺られ（その間ずっと甲板からエーゲ海の明かりを見つめていた）、明け方向こうに着いた。島影を見て、四十年以上も昔に戻ったような気持ちに襲われた。あのときも今頃の時間に着いたのだが、彼の乗った戦艦は水兵と陸軍の兵隊がひしめき合っていた。

しかし、島に近づくにつれてすっかり様変わりしていることに気づいた。昔は小さな漁港だったところにヨットがひしめき、緑のぶどう棚のある白い家が建ち並んでいた土地には、観光客向けの大きなホテルやアパートが建ち並んでいた。彼の記憶にあるサントリーニ島はこの半世紀ほどの間にすっかり様変わりしていて、もはや彼の知っているところではなくなっていた。

その時間だと、港に船が着くのを待っている人はほんの少ししかいなかった。漁師はすでに沖へ出ていたし、観光客はまだ眠っているはずだった。船会社の社員と同じ船で着いた乗船客の身内の人間が何人かいるだけだった。マリオおじさんを待つ人などいなかった。実は、マルシアを驚かせてやろうと思って、連絡を入れなかったのだ。

スーツケースを担いで港を通り抜けると、彼女の家の方に足を向けた。家ははっきり覚えていたが、方角がつかめなかった。新しいホテルや建物が建ち並んで風景が一変していたし、通りも昔と様変わりしていた。彼が戦時中暮らしていたサントリーニは小さな漁師町だったが、今ではレストランと商店の建ち並ぶちょっとした町に変貌していた。

しかし、マルシアの家はまったく変わっていなかった。浜辺に建っている現代風のホテルの裏手にあったが、当時は彼女の家だけがぽつんと建っていた。それが今ではまわりをさまざまな建物が取り囲んでいた。それでも窓枠には昔と同じブルーのペンキが塗られ、ぶどう棚が家の正面に影を落としていた。

呼び鈴を押す勇気がなくて、少し様子を見ることにした。浜の方を向いて腰を下ろし、海を眺めながら離れたところから様子をうかがっていると、ようやくドアが開いた。彼女に間違いなかった。家の中に入る前に、ちらっと彼の方を見たが、もちろん気づくはずもなかった。あれから五十年ほどの年月がたっていたし、まさかそんなところに彼がいるとは夢にも思わなかったのだ。

しかし、彼はひと目で彼女だとわかった。少し離れたところにいたが、かつてあれほど深く愛し、半世紀たった今になって会いたい一心で島に戻ってきたのだから、わからないはずがなかった。マルシアはあの頃と少しも変わっていないように思われたが、近くに寄って見ると過ぎ去った年月が顔に刻まれていた。しわが寄り、寂し気な表情を浮かべていた。彼女はドアのところに突っ立ったまま、まるで亡霊にでも出くわしたような顔で彼をじっと見つめた。間違いなく彼だった。彼女の顔には老いが影を落としていたが、マリオおじさんもすっかり年老いていた。しかし、くせのない髪は昔のように黒々としていたし、彼女を見つめる目にも力があった。かつて山間の茂み、あるいは——夜の——浜辺で愛し合った頃と目の輝きは変わりなかった。

マリオおじさんはサントリーニ島に滞在した一週間のあいだ、マルシアのそばから離れなかった。まわりはすっかり様変わりし、当時の人たちはもうこの世にいなかったが、若い頃を懐かしく思い返しながら以前のように島内をあちこち巡り歩いた。昼間は山に登り、高台から海を眺めた（群青の海に浮かぶ白いヨットが目に染みた）。たそがれ時になると、観光客に交じって浜辺から夕陽を眺めた。近所の人たちに妙な噂を立てられてはと思ってホテルに泊まっていたが、目が覚めるとすぐに彼女のもとに駆け付けた。

ある日、港のバルで夕食をとっているときに、マリオおじさんは思い切ってこう切り出した。残された時間を君と共に過ごしたいんだ。これまで生活のために本当に長い時間を無駄に過ごしてきたからね。

マルシアはどう答えていいかわからなかった。二人で過ごしている日々がいつまでも続きますようにと祈ってはいたが、新たに人生をはじめるには遅すぎるように思われたのだ。それに彼には家族がある、家族と奥さんもまた自分と同じように彼を愛しているはずだった。

しかし、マリオおじさんは一歩も引かなかった。マルシアは、二人で過ごした昔に戻れさえしたらいいのよ、と言ったが、彼は耳を貸そうとせず、二人でもう一度人生をやり直そうと言い張った。

「で、どこで暮らすの？」ひょっとして自分を島から連れ出すつもりだろうかと不安になって、そう尋ねた。

「むろんここだ」と微笑みながら言った。「ここよりいい土地はほかにないよ」

なかった。

　むろんそんな土地はほかになかった。マルシアはこれまでずっとこの島で暮らしてきたし、戦禍に巻き込まれたときに二人が出会ったのもこの島だった。彼女にとってここよりいい土地はほかになかった。

　しかし、その前にマリオおじさんは一度イタリアに戻らなければならなかった。妻と息子たち一人ひとりに別れを告げておきたかった（兄弟にはすでに別れを告げてきたので、気にしなくていい、と彼は言った）。それに何よりも心にかかっていたのは、兄のカルロからマルシアの話を聞いて以来、ずっと自分を苦しめ続けてきた疑念を払拭したいという思いだった。疑念というのは、別れ別れになったあとも互いに手紙を書き続けていたのに、なぜ途中から一通も二人の手元に届かなかったのか、その理由を知りたかったのだ。

「手紙は私が破り捨てたのよ」帰宅した次の日、朝食をとっているときにマリオおじさんが手紙の話をもう一度持ち出すと、ジゼッタおばさんはいったん否定したあと、そう打ち明けた。おじさんは、マルシアに会いに行ったことを隠していた。ただ、カルロおじさんの話では、彼女は自分と同じように何カ月ものあいだ手紙を書き続けたそうだよとだけ伝えた。

　おばさんは困惑していた。何かありそうだと思ってはいたが、まさか半世紀も前の恋敵であるギリシア女が今になって亡霊のようによみがえってくるとは夢にも思っていなかった。

「どうしてカルロがそんなことを知っているの？」明らかに動揺しておばさんがそう尋ねた。

「本人に会って直接聞いたんだ」

「本人って？……」

「そう、彼女だよ」とおじさんは厳しい表情で答えた。「どうやらあれ以来、カルロに何度か電話をかけていたようだ」

おばさんは、自分の耳が信じられなかった。あのギリシア女は夫の若い頃の思い出の中の女性でしかないと思い込んでいたのに、ふたたびよみがえってきて昔と変わらない影響をおじさんに及ぼしはじめた。しかも困ったことに、夫にとっていまだにかけがえのない人であり続けているように思えたのだ。

「手紙は私が破り捨てたのよ」と言った。「昔、あなたの秘書をしていたのを覚えているでしょう、そのときに……。だけど、もう遠い過去の人になっていると思っていたわ」

「さあ、どうかな」とおじさんは言った。

「どういうこと？」とおばさんは狼狽して尋ねた。

おじさんは答えなかった。椅子から立ち上がると、何かを捜しに台所へ行き、すぐに戻ってきた。

「私はあなたが好きだったの」と昔をふり返って、おばさんは正直に打ち明けた。「あなたがあの人に手紙を書き、その上、向こうから届いた手紙をあなたに渡さなきゃいけないなんて、とても耐えられなかった。私がどんなにつらい思いをしていたかわかるでしょう？　だから、あなたたちがやり取りしている手紙を一通残らず破り捨てることにしたの。そうして互いに相手のことを忘れさせようとしたのよ。いくら頑張ったところで、結局は別れる運命だったのよ。去る者は日々に疎しって言うじゃない」

おばさんはそこで一息入れると、おじさんをじっと見つめた。真剣な顔で話を聞いていたおじさんは、相手がはるか遠いところにいるような目でおばさんを見つめていた。

「今さらそんな話を蒸し返したって、どうにもならないでしょう」ジゼッタおばさんは朝食に使ったカップを片付けると、台所へ持っていった。

おじさんは一言もしゃべらなかった。おばさんが戻ってきて、元の場所に腰を下ろすのを待って、その顔を見つめてこう言った。

「彼女に会ってきたんだ」

「彼女って？」おばさんはいっそう困惑してそう尋ねた。

「マルシアだよ」

「マルシア……誰なの、その人？」

「君がギリシア女と言っている女性だよ……もう名前も覚えていないのかい？」

おばさんは凍り付いた。深く考えもせずに尋ねたのだが、それが波紋を呼んでとんでもない悲劇に変わりつつあった。

「どこで会ったの？」

「ギリシアだよ」

「ギリシアですって……？　あなた、本当にギリシアまで行ったの……？」おばさんは気を失いそうになりながらそう繰り返した。

「昨日まで向こうにいたんだ」とおじさんは答えた。

今回行った旅のことを、ナポリを発ってから家に戻るまでのことを包み隠さず話した。相手を傷つけないよう気を遣いながら、すべてを打ち明けた。

おばさんは突然泣き出した。夫から思いもよらない話を聞かされて、おばさんは泣きはじめ、その目からとめどなく涙があふれ続けた。ついには、おじさんの言っていることが耳に入らなくなった。

「どうして家に戻るのが遅くなったのか、これでわかっただろう」そう言っておじさんは話を締めくくった。

おばさんは涙にかきくれていた。ショックのあまり、すべてが悪夢としか思えなかった。

「で、これからどうするの？」どうにか自分の感情を抑えてそう尋ねた。

「家を出ていく」おじさんはぴしゃりとそう言った。妻が後を続ける前にさっと立ち上がると、家を出ていった。

その瞬間からあとのことは想像に難くない。マリオおじさんが家を出ていったときに、母親が（当時スペインで暮らしていた）アレッサンドラに手紙でそのことを伝えたのだ。どうやらおばさんと四人の息子たちは翻意を促したようだが、彼は頑として聞き入れなかった。家を出ていけば、自分たちとは縁が切れてしまうんだよとまで言ったが、おじさんは考えを変えなかった。どんなことがあっても向こうへ行くのだと固く心に決めていた。マルシアがそばにいたらきっと、人生の大半を棒に振ってしまったので、自分に残されたわずかな日々を大切にしたいんだ、と言ったにちがいない。

しかし彼にとって不幸なことに、残された時間はほんのわずかしかなかった。まるで呪いにかけられたように、彼はギリシアに向かう船の中で亡くなり、ふたたびサントリーニ島を目にすることはなかった。

世界を止めようとした男の物語

ある夏、さまざまな事件の中に埋もれるようにしてそのニュースが地方紙に掲載された。短い記事だった。内容はある町の近くを走る鉄道線路のそばで男性の遺体が発見されたというものだが、それを読んですぐに、ぼくは彼にちがいないと思った。

彼と出会ったのは、何年も前（あれからかなり年数が経つ）で、ぼくが働いていた週刊誌の編集室においてである。その週刊誌は地方左翼の大物が気まぐれを起こして立ち上げたものの、（そのうちうんざりして）廃刊にしたために短命に終わった。ネメとぼくはその地方で暮らしていた。

ある朝、彼は別の男と連れ立って編集部にやってきたが、堂々たる風采の、見るからに行動力のありそうなその男が、週刊誌の宣伝広告部を担当することになったようだった。ほかにもいろいろ理由はあるだろうが、広告の不振は編集方針に原因があった。というのも、あの地方の事業者や商店主が広告を出してくれるはずだったのだが、当然のことながら雑誌の編集方針が彼らの意に添わなかったのだ。カーヨとネメが事実上雑誌の宣伝広告を担当することになり、一方が責任者でもう一方が助手ということになった。以後、（町はずれの建物のフロアにある）編集部、あるいは町の中心にあるカフェテリアでしょっちゅう顔を合わすようになった。二人はカフェテリアの、電話機のそばにあるテーブルに陣取り、そこを総括本部にしてわがもの顔で仕事をしていた。当時は携帯電話などなかった。

ネメがどうしようもなく哀れな人間だということはすぐに見て取れた。堂々たる押し出しのカーヨのそばに影のように付き添っているネメは、もういい歳（当時は四十歳前後だったと思われる）だというのに、以前からずっと裕福と思われる家族から援助を受けているようだった。実を言うとネメは、豪華とは言えないまでも、その収入から推し量れるような安ホテルで暮らしてはいなかった。

数カ月後のある日、ひょんなことから彼の真の経歴を知ることになった。弁が立つうえに、まるで州知事のように染みひとつないスーツを身につけているカーヨのそばにつねに影のように付き添っているせいで、彼はほとんど人目につかず、ぼくもそれまで注目したことはなかった。ただ、あの年齢でほぼ完全に禿げ上がった頭部、感情がほとんど表れない無気力そうな眼、死を目前にしたアヒルのようなおぼつかない足取り、そういった姿を見て何となく哀れっぽい感じがしたが、ほとんど気に留めなかった。そんな彼の来歴を教えてくれたのが、カーヨだった。「目の前にいて」ある日、編集室で彼はネメを指さして言った。「今、君がしゃべっている男が、無謀にもドン・タンクレードの英雄的な運試しにもう一度挑戦して、見事にやってのけた世界でたったひとりの人物だ」

カーヨが何のことを言っているのか理解できなかった。ドン・タンクレードという名前はたしかに聞き取れたが、（キーパーが相手チームのキックしたボールが自陣のゴール・ネットを揺らすのを止めようともせず、手をこまねいて見ている）サッカーの試合、あるいは具体的な問題を前にして石像のように固まってしまう政治家のたとえを引いてその話をしたので、何のことか理解できなかったのだ。彼は自分の知識をひけらかす教育者のように自慢げに説明をはじめた。ドン・タンクレードの運試しというのは、闘牛で牛を騙す手口だ。ただ、あまりにも危険だというので、現在は行われなくなったがね。やり方は、闘牛場の真ん中に台を置き、その上にのぼって石像の振りをして荒れ狂う牡牛の攻撃をじっと待ち受けるというものだ。畜生の本性で鼻息も荒く角で引っ掛けようと迫ってくるが、運がいいと、牛はまんまと騙されて、あわやという瞬間に足を止めるので、石像になった人間は怪我ひとつせずに済む。カーヨの話では、ある年のお祭りの日に自分の住む町の闘牛場でそれをやってのけたのが、ほかでもない目の前にいる助手とのことだった。

ぼくはその話に感銘を受けた。目の前に一地方でなく、国際的なニュースになってもしかるべき一大スクープがある(というか、より正確には数カ月前から彼を知っているので、〈あった〉と言うべきだが)のに気がつかなかった。この世界でドン・タンクレードの危険極まりない運試しに、無謀にも挑戦した最後の人物がいたのだ。すごいことだった。週刊誌の最後のページを飾るのにこれほどいいスクープはない。編集長を別にすれば、編集部にいるのは二人だけだから、あの週刊誌の半分は自分が担当していいはずだった。

ネメと話をして、インタビューをさせてもらうことにした。闘牛士のようにホテルで会うことにしたが、時間は夜の十一時半という闘牛士らしからぬ時間を指定された。その日は一日中忙しくてね、と彼は弁解した。

約束の時間にホテルを訪れた。(フルネームを知らなかったので)《ネメ氏はおられますか?》と尋ねると、フロント係は薄笑いを隠そうともせず、彼の部屋を教えてくれた。フロント係の説明では、三階のいちばん奥の部屋は従業員と長期滞在者用の部屋になっているとのことだった。

あれはジャーナリストとしての仕事の中で、ぼくがやったもっとも奇妙なインタビューだったと言っても過言ではない。湿気の多い部屋に敷き詰められた絨毯は擦り切れ、絵柄の入った壁紙は破れていた。ネメはそんな部屋で何年も前から暮らし、（部屋中に散らかっている衣類、蓋が開いたままのスーツケース、靴の片方に突っ込まれているフォワグラの缶……を見てもわかるように）独身生活を謳歌していた。ぼくが訪れたとき、最後のドン・タンクレードはなんとも形容しがたい色合いのパジャマを着、しきりにタバコをふかしながら自分の英雄的な武勲について話してくれた。一方ぼくは、一脚しかない椅子に腰を下ろしてメモを取った。正直言って最初ぼくは、この男は何か別の腹積もりがあって話をしているのではないかと勘繰ったほどだった。

しかし、彼は何もかも正直に話してくれた。ネメは、ぼくが彼の上司から聞いた話にいくつか新しい情報を付け加え、さらに写真をもらえないだろうかと言うと、しばらく部屋中をひっかきまわして二枚の写真を見つけてくれた。かなりぼやけていたが、彼の手元にあったのはそれだけだった。一枚は囲い場の扉が開いて牛が姿を現し、石像の振りをしたドン・タンクレードに向かって突進しようとしているところで、もう一枚は顔中に小麦粉を塗った彼が見事に偉業を成し遂げ、台座の上に立っている姿だった。

あのルポルタージュは大きな反響を呼び、大勢の人たち、とりわけ哀れなネメの友人、知人が目を通した。ほとんどの人が彼の知られざる偉大な英雄的行為について何も知らなかったのだ。このルポルタージュのおかげで彼は数日間、時の人になり、誰もが大喜びした。ただカーヨだけは自分が推薦しておきながら、助手が一躍有名人になったのが気にくわなかったのかいい顔をしなかった。「最後のドン・タンクレード」という見出しのルポルタージュの一節を以下に引いておく。《友人たちにネメの名で親しまれているネメシオ・X・Xは、一九七七年八月十五日に、自分の住む町の闘牛場で小麦粉で作った仮面をはぎ取ったが、おそらくその瞬間にこの上もなく危険な闘牛の運試しが永遠に姿を消すことになったのだろう。スペイン内戦終結後、数多くの犠牲者を出したという理由から、当局は子牛を相手にするか、町のお祭りのとき以外に運試しをすることを禁止した（……）。ドン・タンクレードの運試しという名称は、アメリカに移住し、一八八九年にわが国にそれを持ち込んだバレンシア生まれのある発案者（どうやらこの人物は、ハバナでエル・オサリベーニョというあだ名のメキシコ人が実演したのを見たことがあるらしい）の名前からとられたものである。コッシーオによれば、この運試しは純白の衣服に身を包み、顔と手に小麦粉、もしくは別の白い粉を塗り、彫像のように不動のポーズ、姿勢をとって闘牛場の真ん中に置かれた台の上に立って微動もせずに牛を待ち受けるというものだった。そういう場合、牡牛はたとえ襲ってきたとしても、生命のない彫像を角で引っ掛けることはないということは、経験上わかっていた……》

ネメはどうやらあの運試しを完璧にやってのけたようだった（本人の話では、一度転倒したが、演技が終わりかけていたし、しかも観客を喜ばせようとわざとそうしたので怪我はしなかったとのことだった）。以後、彼はあの武勲のおかげで生き延びた。たしかに金にはならなかったが、彼の定宿だったホテルのフロント係を含めてすべての知人の尊敬を集めることになった。長い年月が経ったのち、偶然マドリッドで彼と出くわしたときに、あの運試しの話が出たが、彼は思い出の品として大切に財布にしまってあった週刊誌の記事の切り抜きを見せてくれた。

何年か、十年、あるいはそれ以上の年月が過ぎ去ったが、その間にどうにかこうにかぼくはマドリッドで暮らすようになっていた。実を言うと、彼についての記事が掲載された週刊誌を発行していた会社が閉鎖に追い込まれたのだ（その決定的要因は彼の上司で、有名人のカーヨが二カ月、あるいは三カ月分の広告代金を持ち逃げしたために資金繰りがつかなくなり、倒産に追い込まれたのだ――ネメまであおりを食らって職を失った）。ある日、ぼくが地下鉄のグラン・ビーア駅から出ようとしたときに、彼とばったり出くわした。ネメは少し老けていたが、頭がきれいに禿げ上がり、目の玉が飛び出しているところは以前と変わらず、コートもおそらく昔のままだったと思う。数分間立ち話をしたが、そのときに自分の暮らしぶりを話してくれた。あの事件以来一度も顔を合わせていない上司（おそらく、あの町から跡をくらましたのだろう）が金を持ち逃げしたために、彼は路上に放り出された（現在、失業中なので、文字通り路上暮らしをしている）。当初、何年かは友人や家族の援助を受けて何とか暮らしていた。しかし、そのうち頼りになる家族もいなくなったので、多くの人たちと同じように生計を立てようとマドリッドにやってきたものの、すでに五十の坂に差し掛かっていた。本人の話では、タイプライターを売り飛ばしたが、今ではパソコンに取って代わられていてあまり高値がつかなかったとのことだった。ぼくは彼に五百ペセータつかませた。しかし、住所は（近々引っ越すことになっているので、といいかげんな出まかせを言って）教えなかった。朝の通勤時で、地下鉄のグラン・ビーア駅の出入り口は人でごった返しているのに、彼は人の流れを妨げるようにその場に突っ立ったままだったので、ぼくは彼を残してフエンカラル街の方に逃れた。彼はいったい誰を待っていたのだろう？

きっと誰も待っていなかった。おそらく、これまでずっとそうしてきたように、人が通り過ぎていくのをあそこでじっと見つめているだけだったのだ。

次に、彼が死亡したというニュースが届いた。先ほど言ったように、ある夏、地方紙にその記事が出た。詳しいことは書いていなかったが、直観的に彼だとわかった。記事を読みながら、彼はいったいどんな人生を送ってきたのだろうと考えた。それまでずっとそうしてきたように彼は絶えず虚無に向かって、全面的無抵抗に向かって、石像に向かって転落していったのだ。それは祭りのときに生まれ故郷の町の闘牛場で襲ってくる牛を前にしたときも、人生においても、何ひとつ変わりなかった。人生に対してつねに徒手空拳で立ち向かうには半端でない勇気が求められる。というのも、人生というのは牡牛のように立ち止まってはくれないし、無謀にも自分に向かってくるものを容赦なく踏み潰してしまうからである。

姿のない友人

長年なかったことだが、その年、彼は思いがけず首都でクリスマスを迎えることになった。仕事の関係でそれまでクリスマスの時期は、いつも祖国から遠く離れた土地に滞在していたが、その年は突然早期退職を言い渡されて、意に反して気持ちの整理がつかないままマドリッドにとどまって、クリスマスを迎えることになった。

ほかの多くの人と同じようにマンはクリスマスが苦手だった。その時期になると人々はわけもなく感傷的になる上に、裕福な国では消費熱が高まるが、そうしたことが気に入らなかった。いつも貧しい国でクリスマスを迎えていたので、そちらの方がなじみ深いものに思えたのだ。

彼が国外に出ていたのは仕事の関係もあるが、祖国から、そして人生から逃げ出したいと思っていたせいだった。ジャーナリストとしてのマンは一匹狼で、個人としても独立独行型の生き方を貫いていた。単独で取材旅行に出かけ、人に頼ることもなければ友達もいなかった。サインするときのイニシアルから、まわりの人達は彼をマンと呼んでいた。根っからの故郷喪失者（デラシネ）というイメージを自分で作り上げていたせいで、一種神秘的なオーラに包まれていて——肉体的にまだ魅力のあった頃は——、その手の職業の女たちが目の色を変えて彼を追い回した。ほとんど荷物を持たず身体ひとつで取材旅行に出て、何カ月も家にも祖国にも戻らない、まさにめったにお目にかかることのない、絵に描いたようなロマンティックな特派員だった。彼に言わせれば、いつの頃からかジャーナリストは役人になり下がり、駆け出しの記者や大学生が記事を書くようになって、プロ意識が失われてしまったとのことだった。そんな中にあって、彼は正真正銘の特派員だった。それまで世界中を自分の足で駆け回って情報を集めてきたが、パソコンの出現とともにそうしたジャーナリストは姿を消していった。むろん彼もパソコンを使っていたし（しぶしぶではあったが、仕方なく受け入れたのだ）、仕事のやり方も大きく変わった。しかし、ジャーナリズムが危険と背中合わせの仕事だった時代が懐かしく思い出された。今でも、心の底で自分はあの頃と少しも変わっていないと思っていたが、まわりを見まわしてもこの仕事に命を懸けようという人間はほとんど見当たらなかった。

マンは自分の人生を仕事に捧げてきたが、そのことを少しも後悔していなかった。ただ、時々今みたいに真剣に打ち込み過ぎた、つまり自分の人生をそっちのけにして、仕事一筋できたことを悔やむことがあった。というのも、彼が取材のために席の温まる間もなく各地を転々とし、同僚が（家族ややむを得ない事情などがあって）あれこれ口実を設けて断った仕事まですべて引き受けて、ホテルを渡り歩いて想像もできないような土地から記事を書いて会社に送っているうちに、あっという間に時間が過ぎ去ったのだ。その間に同世代、あるいはあとに続く世代の仲間たちは自分の人生を大切にし、家族を作って、ほしいものを手に入れていた。しかし、自分はそんな風に生きたいとは思わなかった。仕事一筋できた彼は、生活のことなど念頭になかったし、べつに後悔もしなかった。それどころか、自由は何ものにも代えがたいものであり、その結果生じる孤独は毅然とした態度で耐え忍べば、それほど辛いものではない。自分はこれまで背筋をしゃんと伸ばし、愚痴ひとつこぼさず孤独に耐えてきたと思っていた。辛く苦しい時期もあったが、職業の選択を間違えたと思ったことは一度もなかった。それなのに、クリスマスを間近に控えた数日前からなぜか気が滅入って仕方なかった。その理由が理解できず自分でも困惑していた。

間近に迫るまで、クリスマスのことを忘れていた。その時期はいつも祖国から遠く離れた土地にいたので実感が湧かず、気づかなかったのだ。それまでに彼がクリスマスを迎えたのは、祖国から遠く離れた、キリスト降誕のお祝いをしないか、もしくは稀にしか話題に上らない土地だった。今でも記憶に残っているのはベルグラードとベツレヘムで迎えた二つのクリスマスだが、前者の場合はユーゴスラヴィア内戦の取材に追われていたし、後者のときはキリスト教にとって象徴的な町にいるというのに、イスラエル軍に包囲されている中で、聖誕教会において礼拝を執り行うフランシスコ修道会士に庇護されているパレスティナ難民の世話をしていた。そういう状況下に身を置いていたので、家族と過ごしたクリスマス、あるいは一番長く一緒に暮らした女性セリアの家族とある年に迎えたクリスマスを懐かしく思い出すどころではなかった。だからクリスマスの心温まる思い出といったものはなく、幼い頃のクリスマスの思い出でさえどこか悲しいかげりを帯びていた。

子供の頃は現在のようにクリスマスを嫌がっていなかった（それどころかほかの子供たちと同じように何カ月も前から待ち遠しくて仕方なかった）。ただ、あの頃を振り返ってみると、クリスマスの思い出はうれしいというよりもむしろもの悲しい感じがした。クリスマス・イブに出る夕食にはお決まりの干しブドウと甘い菓子のトゥロンがついていたが、一家はひどく貧しかったので食べきれないほどたっぷりあったわけではない。家族といっても兄弟と両親だけで、全員そろってうんざりするほど長い夜をやり過ごした。その時間になると、父親は決まってそれほど昔のことではないスペイン内戦時の話をし、兄弟たちと彼は学校の先生に何度となく教え込まれたクリスマスキャロルをうたった。マンはあの古い台所のぬくもりと村と畑全体をすっぽり包み込んでしまう霧を今も覚えていた。あの頃は街灯などなかったし、村で飾られるクリスマスの装飾といっても、キリスト降誕の場面を再現した飾りと何軒かの家の電飾くらいのものだった。同じように主の御公現の祝日も、前の夜に父親がバスに乗って買ってきた靴やランニング・シャツといった日用品とちょっとしたおもちゃしかなかった。あの頃はそうしたものを見て大喜びしたが、今思い返してみると深い悲しみしか感じなかった。あのような慎ましやかなプレゼントで大喜びしていた子供たちがかわいそうに思えたし、欲しがっているものを与えてやることのできなかった両親が今さらながら痛ましく思われた。

彼がクリスマスを憎むようになったのは、そうした悲しい思い出があるせいだった。最初のうちは訳もなく憎んでいた（若い頃のマンはクリスマスのお祝い、とりわけ宗教的な祝典を見るとひどく戸惑った）。それがやがて、ジャーナリストとして仕事をするうちに思想的なものに変わり、あらゆるものに対して、とりわけ宗教的なそれに対して不信感を抱くようになった。もともと好意的な目で見ていなかった上に、世界中をあちこち巡り歩いてきたこともあり、クリスマスになると心にもなく感傷的なふりをしたり、消費にうつつを抜かしたりする人たちが許せなくなるが、それも無理はなかった。祖国にいるとそうしたことが肌で感じ取れるので、彼は逃げ出したのだ。

しかし、その年はマドリッドでクリスマスを迎える羽目になった。思ってもいないときに退職を言い渡され、（まだ体力的にも自信のある五十八歳という年齢で、それまでと変わりなく取材旅行ができると思っていたので）納得がいかずショックを受けた。そのせいでカレンダーの上で十二月がどんどん過ぎ去っていき、クリスマスが間近に迫っていることにも気がつかなかった。百貨店の飾りつけや十一月の中ごろからあの大都会を照らしはじめるクリスマスの電飾にも目を向ける余裕がなかった。彼のそれまでの仕事ぶりを尊重、考慮することなく、会社は突然彼に解雇を言い渡したが、そのやり方に傷ついたし、一方で先の見通しがまったく立たず困惑していた。つまり、この先彼は嘱託として記事を書きながら老いて行くのだろうが、そうだとしても仕事場が自宅なのか編集室なのか知らされていなかった。つまり、完全に退職したわけでなく、特派員としての仕事がなくなっただけのことだったのだ。

「で、何を書けばいいんだい？」そのことを伝えられたときに、親しい編集長にそう尋ねた。「好きなことを書けばいいよ」編集長はそう言いながら、編集部の方を指さした。「後進に道を譲ってもらわなければいけないんだ……」

マンは冷ややかな目で後輩たちを見つめた。これまで多くの記者を見てきたが、みんな似たり寄ったりで代わり映えしなかった。服装や仕事のやり方、書くものはたしかに変わってきたが、結局はドングリの背比べでしかなかった。大学で似たような癖を身につけて会社に入ってきたような感じがした。こんな連中に囲まれて編集室で記事を書くのかと思うとぞっとした。

「書くのはいいが、家でやらせてもらうよ」編集長にそう言い残して彼は部屋から出て行った。

しかし、記事は何カ月も書かなかった。それまで長年特派員としてあちこち飛び回って取材し、電話、あるいはインターネットで原稿を送り続けてきた。だから、急に祖国の現実を前にしても、どう書いていいかわからなかった。外国にいる間に、仕事もそうだが、何もかも様変わりしていた。

本人は認めようとしなかったが、すべてが変わってしまったのだ。だからといってそれをすんなり受け入れる気にはなれなかった。自分も年を取ったし、退職が目前に迫っていることはわかっていた。それでも、自分の時代はもう終わったと思いたくなかった。それまでのように世界中を駆け巡って取材旅行をするだけの体力はあったし、記事を書き続ける自信もあった。たまたまクリスマスの直前に突然退職勧告を受けたので、ショックのあまり混乱していたのだ。

不安のせいで彼はどうしていいかわからなかった。それまで自分の国や家族のもとを離れ、地上のどことも知れない土地で何度もクリスマスを迎えてきた。だから見栄を張って、それまでしてきたようにどこかのホテルのバーで、たったひとりカウンターにもたれてその時期を過ごすことが苦にならない振りをすることはできた。ところが、今回のように自宅でひとりクリスマスを迎えることになったとたんに、不安が襲ってきた。それが現実だった。自分が早期退職を言い渡されただけでなく（あくまで言い渡されたのであって、そうだと自らが感じることではない。なぜなら、彼は自分が退職者だと少しも思っていなかったからだ）、そのことによって自分はもはや孤立無援の状態になったと認めざるを得なくなった。というのも、外国にいて自分は孤独だと感じるのと、祖国の町でそう感じるのとでは雲泥の差があったからだ。以前、彼が亡命者について書いた次のような言葉がそのまま今の自分に当てはまった。「国を出ていく人間にとってもっとも辛いのは、亡命先で待ち受けている孤独ではなく、祖国に残していく孤独である」

いずれにしても、そのような思いがどのようなものなのか彼にもよくわかっていなかった。実を言うと彼自身が孤独感に、思っていた以上に深い孤独感にさいなまれていたのだが、置かれた状況は大半の知人たちのそれと変わるところはなかった。ここに言う知人たちとはほとんどがジャーナリストだが、ほかに旅行家や外交官も含まれていた。彼らは人生の大半を地球上のさまざまな土地を巡り歩いて一生を終えるのだ。

間違いなく彼は年を取りつつあった。たしかにその通りだった。新聞社の編集長が彼を嘱託にしたのは正しい判断だった。つまり、これからは時々コラムで自分の考えを述べ、国際部で後進の指導にあたればいい。

ふと、今ならまだ飛行機に乗ってどこか遠くへ行けるかもしれないと考えた。しかし、それでは敵前逃亡と変わるところがないと思い、考え直した。故郷に帰る手もあった。向こうでは長年会っていない母親がまだ元気にしていた。会いに行けばきっとびっくりして、いいクリスマスになったと喜んでくれるだろう。しかし、向こうにいる家族や兄弟たち、甥や姪（中には子供がいる者もいた）と一緒に夕食をとることになると考えたとたんに、気持ちが萎えてしまった。それなら友人の家に招いてもらう方がまだましだ、きっと喜んで迎えてくれるだろう。そう言えば、前日、編集長がそれとなく声をかけてくれた。

昔の恋人に電話をかける手もある。中にはきっとかわいそうにと思ってくれる女性もいるだろう。しかしそんなことを求めてはいなかった。憐れんでもらいたくはなかったし、昔マドリッドに戻って電話をかけたときのように、相手の女性に愛されている、いや、求められていると感じたいわけでもなかった。何もかも遠い昔の話だ！

マンは自分でもびっくりした。びっくりすると同時に当惑した。気が滅入って仕方なかったが、こんなことは生まれてはじめてで、実に不愉快だった。もとはといえば感情に流された自分が悪いのだ。自分は本来思索家でも詩人でもなく、行動人だった。そこのところをはっきりさせようとして、その店で二杯目のウィスキーを頼み、自分の置かれた状況についてああでもないこうでもないと二時間考え続けた。

正午に昼食をとろうと家を出た。クリスマスに祖国のマドリッドにいることもあったが、そんなときはいつもひとりで過ごしていたので、今夜もそうしようと心に決めていた。長年クリスマスを迎えてきたが、今回のように不安に襲われたことはなかった。カフェ・ヒホンで食事をしたが、それがいつの間にかお決まりのコースになっていた。そして、その日もテルトゥリア［文字サークル、常連の親しい友人たちの集まり］がはじまる頃合いを見計らって店を出た。しかし、クリスマス・イブの日は店でのテルトゥリアが禁止されていることを思い出して、なかなかやるものだと感心した。

ふと、あるテルトゥリアのメンバーが亡くなったときに、会員たちがそのメンバーに敬意を払って生前と同じように彼の席を空けておいたのを思い出して、あることを思いついた。物故した人の席を空けておくというアイデアは、ある慣習がもとになって生まれてきたものだが、それが近年多くの国で一種の流行になっている。ただ彼はそうした慣習をクリスマスの時期になるとよく行われる偽善行為のひとつとみなしていた。しかし、今回の自分のアイデアは素晴らしいものに思えた。それは例えば裕福な家庭の人たちや貧しいくせに見栄っ張りな人たちが、困窮している人たちを家に招いて夕食をとるといったことでもなければ、逆に彼が貧乏暮らしをしているのを見かねた同僚が家に招いてくれるといったたぐいのことでもなかった。また、ひとりで（下の階のバルの経営者で、男やもめのアルフレードの皮肉っぽい表現を借りると、国王と一緒に）夕食をとるといったことでもなかった。いくらなんでもそれではさみしすぎるように思われた。彼はある人と食事をすることにしたが、その相手とは口をきく必要がなかった。

一流レストランに電話をかけると、店は開いているとのことだった。彼は二人掛けのテーブルを予約し、フランス産のシャンパンを頼んだ。一時間前にシャワーを浴び、香水をふりかけ、レストランに向かったが、途中で宝飾店に立ち寄ると、時計を購入して包装するように頼んだ。それをポケットにしまってレストランに向かったが、大勢の人が夕食の時間に遅れまいと急ぎ足で帰宅する時間帯にぶつかった。見たところ、ほとんどの人が家に帰って夕食をとるのが義務だと考えているような浮かない顔をしていた。

レストランは空いていたが、客がいつ来てもいいようにどのテーブルにもクロスがかかり、準備万端整っていた。しかし客の姿は見当たらなかった。マンが予約した席に腰を掛けると、すぐに給仕長（メートル）がフランス産のシャンパンのボトルを持って現れた。マンは栓を抜いて、二つのグラスにシャンパンを注ぐように言った。ひとつは自分ので、もうひとつは友人のだと念を押した。

シャンパンの気が抜けてはいけませんので、お友達が来られるまでお待ちになられますかと給仕長が言ったが、「間もなく来るから、気にしなくていいよ」と彼は答えた。

給仕長は世慣れていて、二度と友人のことを口にしなかった。マンはいつものようにかなり酔ってから勘定を払って店を出たが、心の中で給仕長の心遣いに感謝していた。

いなくなったドライバー

これくらいなら許されるだろうというすべての楽しみの中で、一番のお気に入りはボリュームをいっぱいにあげて好きな音楽を聴きながら、行く当てもなく何時間も車を走らせることだった。音楽はいつも自分で選んでいたが、ときには車の開いた窓を通して外の世界からもたらされることもあった。

現実逃避したいと思うようになったのは、物心ついた頃からだった。少年時代に先生から何をぼんやりしているんだと叱られて、みんなの注目の的になったときも現実から逃げだしたし、その後出版社に勤めて、当時スペインで最高の作家として知られる人たちの原稿を読んで心底うんざりしたときにも、やはり同じ思いを抱いた。大半の作家はいかにも内容的に深みのある作品を書いているような顔をしていたが、どれも空疎なものにしか思えなかった。

彼は郊外のテラス・ハウスで家族と暮らしていた。(結婚してすぐに気づいたのだが)妻は退屈きわまりない女性で、自分の子供にしか関心を示さなかった。二人の間には思春期を迎えた男の子と女の子がいたが、家にいるときは寝ているかテレビを見ているだけで何もしようとしなかった。家族といることには慣れたが、いつまでたっても彼らとの距離は縮まらなかった。それどころか物理的な形でなく、知的、感情的な面でどんどんかけ離れた存在になっていった。彼らが食事中に意味のないむだ話をしているときは、黙りこくっていたし、どこかで起こったテロ事件や、政治抗争、財界のスキャンダル……といったものを取り上げた番組をぼんやり眺めていたが、面白くも何ともなかった。ただぼんやり眺　ているだけだった。

　若い頃は、現実から逃避　るために午後のあいだずっと小説を読むか、映画館に入り浸っていた。小説と映画は、誰もが知っ　の通り退屈きわまりない生活を実り豊かなものにしてくれた。小説や映画に出てくる人たちはも　と実りある生活を送っている、少なくとも彼にはそんな風に思われた。だから就職するに際して、ノから勧められたほかのどんな仕事よりもこちらの方が面白いだろうと考えて、出版社に勤めることにした。そうすれば、自分が夢見ている読書三昧の日々を送れるはずだった。しかし、間もなく自分の考えがいかに甘かったかを思い知らされた。以前なら本を読むのが仕事になって、それまで自分の情熱のひとつだったものが、別なものに思えてきたのだ。本を読んでいると、その世界に引き込まれて楽しめたのだが、それが仕事になった今は、そのような感情を抑えて、テキストに誤りがあればそれを指摘しなければならなかった。そんな読み方をしているうちに、徐々に本を読むのが苦痛になりはじめた。四六時中金（かね）の勘定をしている人が、ついには金の顔も見たくない、と言い出すのと同じじゃないかと考えるようになった。

　適齢期になると友人知人と同じように結婚して家庭を持ったが、それで人生が実り豊かになったわけではない。平々凡々たる暮らしにお決まりの家庭がつけ加わっただけのことで、生活そのものは以前にも増して退屈になった。子供たちの成長を眺め、会社で毎日八時間過ごしているだけで、例外といえば毎年出かけるお決まりのバカンスくらいのものだった。もっともバカンスといっても、それほど楽しいものではなかった。というのもカステリョン県の南に広がる海岸まで足を延ばすのだが、毎年同じ場所で過ごすとわかりきっているので面白くも何ともなくなったのだ。

　自宅と会社の行き帰りの中で、同じような勤め人が自分と同じことをするのを見ていると、気が滅入るばかりだった。季節と日々の気象条件によって絶えず変化していく風景を眺めるのが、唯一の楽しみだった。それに車の中から景色を眺めるのも楽しかった。気持ちが安らぐ上に、人に煩わされることもなかった。ボリュームを最大限にあげて音楽を聴き、ハイウェイをじっと見つめて車を走らせていると、眠ったり、好きな小説を読んだりしているときのように窓の向こうの現実が遠くかすみ、言いようのない快感を覚え、それが病みつきになった。

最初のうちは出版社と自宅の間を行き来する中でそうした楽しみを味わうだけだった。ただ、家から会社までの距離が短すぎたので、徐々に物足りなさを感じるようになってきた。そこで、タイムカードに縛られることのない帰途を狙ってわざと遠回りするようになった。おかげで、新聞や雑誌でしか目にしたことのない、あるいは走ったことのないハイウェイや地区を発見することができた。もちろん風景もそれまでと違うので、それも楽しみのひとつになった。彼の背後で町が見えなくなるが、家に戻るために逆方向に車を走らせると、今度は地平線上に町のビルが浮かび上がってくる。そうした光景を見ていると、わくわくする冒険をしているような気持ちになった。しかし、いつも最後には家に戻り、日毎に耐えがたいものになっている現実に向き合わなければならないというのが、つらくて仕方なかった。できることなら、現実の世界から逃げ出したかった。

しかも、車で通勤する時間が長くなるにつれて、夫には何か隠し事があるのではないかと、妻が勘繰るようになった。帰りが遅くなる理由を説明しようがなかった（それに、どのみち信じてもらえないとわかり切っていた）ので、何も言わないことにした。うしろめたいことをしているわけではないので、嘘をついてまでごまかす気になれなかったのだ。妻がどう思おうと、自分の好きにすればいいんだと考えた。

子供たちはそうしたことに気づいていなかった。彼らはテレビを見たり、外出したりして、服を買う小遣いさえもらえれば、父親が何をしようが、母親の機嫌がどれほど悪かろうがどうでもよかったのだ。父親の口数がだんだん少なくなり、帰りも遅くなっていることに気づいてはいたが、子供たち同士でその話をすることはなく、妻も遅くなる理由を問いただささなくなった。何かあると勘づいていたが、夫が何も言おうとしないので、自分からその話を持ち出さなかった。夕食のときは取るに足らないことで短い会話を交わしたが、それもテレビでしょっちゅう中断された。そのあと寝室で二人きりになるが、会話らしい会話は交わさなかった。

そのせいで彼はドライブにのめり込み、何時間も車を走らせるようになった。以前なら日曜日は(朝、パンと新聞を買うために外に出るくらいで)出かけなかったが、近頃では妻が不機嫌そうな顔をしていても車で外出するようになった。走行距離が伸び、市内を走る車が少ないこともあって、ドライブが楽しくて仕方なかった。車の少ないハイウェイを走行しているうちに、道路事情に詳しくなり、走行エリアが広がるにつれて遠くまで足を延ばすようになった。あるときなど、家族の者が家でテレビを見ている間に三百キロ走ったこともあった。

そんな風にドライブをしているうちに、しばらくして自分が何をしたいのか思い当たった。というのも、アルコール依存症の人が飲む酒の量、あるいは麻薬中毒者が使用するクスリの量と同じで、もっと長い時間車で走りたいという気持ちがコントロールできないほど強くなりはじめたのだ。つまり、目の前の風景がアルコールだとすれば、ドライブは麻薬であり、音楽がこの二つのものをひとつに融け合わせ、彼の世界を変容させたのだ。

ここまで話せば、そのあと次のような事態が生じたからといって驚くにはあたらないだろう。ある日曜日（季節は夏で、町の人たちの大半はバカンスを楽しんでいて、市内は閑散としていた）、彼は車で出かけたが、深夜になっても戻ってこなかった。妻は不安になり警察に相談したが、足取りはつかめなかった。翌日、出版社の彼の席は空席のままで、しばらくその状態が続いたが、やがて別の人間がそこに座ることになった。言うまでもないが、自宅では夫の代わりになる人間を引っ張ってくるわけにはいかなかった。妻は、夫が誰かほかの女を連れて行方をくらました、だから電話をかけてもこなければ、消息も知れないのだと思い込んでいた。一方、子供たちは最初の内こそ腹を立てていたが、テレビの番組の合間にいつもの場所に父親の姿がなくても気にしなくなった。

行方不明者

どの家族にも秘密はある。むろんぼくの家族も例外ではない。その秘密は長年家族の想像の中で生き続け、ぼくにも受け継がれているが、肝心の人物に会ったことはない。この人生ではそういうことが間々あるのだ。

ぼくが思春期の頃に知った家族の秘密というのは、スペイン内戦に関わるもので、その点はスペインのほかの多くの家族と変わるところはない。ただひとつ違うのは、スペイン内戦とともに、つまり内戦を体験し、生き延びた世代とともに消えていくことなく、家族の記憶にとどめられて生き続けたことである。誰かが言ったように、亡霊は死者を越えて生きながらえるものなのだ。

行方不明のおじが生きていれば、現在百歳近くになっているはずである。おじはぼくの父の兄弟のひとりで、具体的には次男に当たる。兄弟は十人いて、ぼくの父は末っ子だった。行方不明になったおじは、母親と同じように学校の先生になり、生地に近い小さな鉱山町オルソナーガで教鞭をとった。その頃に戦争が勃発し、このままでは殺害されると見越して(事実、マタリャーナのファランヘ党員［フランコ将軍の体制を支えた国粋主義政党の党員］がおじをつかまえようと捜し回った)、レオンで反乱があったときに姿を消して、共和派の人たちが集まる山岳地帯に逃れた。うわさによると、当時危険地域になっていた山岳地帯の別の寒村で子供たちに教えていたとのことである。北部戦線が後退したときに、アストゥリアス地方でおじを見かけたという人がいたが、一九三七年に北部戦線が壊滅して以降消息がつかめなくなった。戦後、長年にわたって両親と兄弟たちが懸命におじを捜し出そうと手を尽くしたが、無駄骨に終わった。父の話では、赤十字、警察（おじのひとりが警察官だった）、ラジオの海賊放送を通して消息をつかもうとしたという。亡命者たちは海賊放送を通して家族に歌を捧げたり、近況を伝えたりしていた。また、おじと理想を同じくする戦友たちは山岳地帯に身をひそめて何年も戦い続けたが、そんな生き残りの人たちから話を聞いたりもした。中のひとりと、夜、村中の人がお祭りで踊りに興じている隙に山の中で会見した。しかしおじに関しては何ひとつ確かなことはわからなかった。ほかにもいろいろな情報が入ってきたが、結局は不安を掻き立てられたにすぎなかった。たとえば、レオン出身のある教師がロシアから家族に宛てて送った文書が海賊放送の夜の番組で読み上げられたと言う人もいれば、その人ならバスク地方のビルバオの攻防戦で亡くなったと断言した人もいた。しかし、そうした情報は当てにならなかった上に、情報をくれた二人はともに信頼できなかった。ソ連にいるという話は眉唾で、アンヘルおじはアナーキストとつながりがあったので、ロシアには向かわず、どこか別の土地に逃れたはずだった。またバスク地方で死亡したという話も、その頃レオンとアストゥリアス地方にまたがる山岳地帯でおじの姿を見かけたという証言と矛盾した。そうこうするうちに息子の帰りを待ちわびていた両親も亡くなり、消息がつかめないまま時間だけが過ぎていった。今では誰ひとり生き残っていないが、おじはついに姿を現さなかった。

父方の祖父母が元気なあいだ、子供だったぼくはその家で休暇を過ごし、祖父母が亡くなると両親とそこで夏を過ごすようになったが、上に述べたようなことは何も知らなかった。当時のぼくはほかのことに気をとられていて、台所の横の狭い居間に飾られた写真の人物が誰なのか一度も尋ねたことがなかった。何かを捜しに行ったり、家の人間が眠っている昼寝の時間にあの部屋に入っていったりしたことがあるが、写真の人物がこちらをじっと見つめているような気がして気味悪くて仕方なかった。おじが横目でこちらを見つめている瞬間をカメラマンがすかさず撮ったように、どこにいようがつねに自分の方を見つめているような気がして、気味悪くて仕方なかったのだ。

誰もがおじの話になると声をひそめた。まるでおじが聞き耳を立てているかのように、その話になると声が小さくなった。とりわけ子供がそばにいると、誰もがひそひそと話した。そのせいで、写真の人物が漂わせている神秘的な雰囲気がいっそう強まった。

ある夏の日——自分が何歳だったか覚えていないが——、父がおじにまつわる秘密を話してくれた。その頃になるともう大きくなっていて、写真が人に害を及ぼすことはないとわかっていたので(のちに必ずしもそうとは言い切れないことに気づいたが、それには長い時間を要した)、もう怖いとは思わなかった。本当のことを知って、おじに対する親近感が生まれ、それは今日まで変わることなく続いている。だから、今も写真を飾ってあるのだ。時が経ってぼくの両親も亡くなり、住みやすいように家を改装した。家の中にあった数多くの遺品は車庫(以前はかまどのある台所だったところで、祖母がそこでよくパンをこねていた)に積み上げられた。中には古くて使い物にならなくなって、ごみ箱送りにしたものもある。しかし、おじの写真は新しく撮ったぼくの写真や思い出の品とともに壁に飾った。そうした品の中で家に大切にしまってあったのは、時計のケースとおじのお気に入りだったと思われる象嵌(ぞうがん)細工を施したランプの二つだけだった。時計のケースには、自分たちが暮らしているラ・マタ・デ・ラ・ベルブラ村という文字と祖父母の名前がナイフで刻まれていて、ランプの方は内側に一九三二年という年号が鉛筆で書かれていた。

当然のことだが、ぼくはそれまでにおじがどういう人物だったか少し調べてみた。おじが先生をしていた村で、ぼくは昔の教え子だった老人たちに会った（おじは絵が上手だっただけでなく、当時あまり行われていなかった遠足によく連れて行ってくれたと教えてくれた）。また、おじと同世代の村人たちは、とても頭のいい人だったと話してくれた。そんな中、学校からそう遠くない村に恋人がいたこと（戦争がはじまった時点でもまだ二人の関係が続いていたかどうかはわからない）、その前には実のいとこと付き合っていたこと（写真が証拠として残されている）が判明した。しかし、行方不明になるまでおじは独身を貫いた。彼の理想がもとで祖父母は治安警備隊に何度も脅され、殴られただけでなく、おじがまだ生きていて、その隠れ家を知っているはずだと思い込んだ彼らは、無理やり祖父母を捜索に同行させた――その話を聞いてぼくは胸を痛めたが、家族の誰もそのことを教えてくれなかったせいでいっそう辛い思いをした。祖父母は五人の息子のうち三人をフランコの軍隊にとられ（ぼくの父も十八歳の若さで兵役にとられた）、残りの二人は共和派について戦った。

　ぼくもおじの足取りをたどって居場所を突き止めようとしたが、父と同じようにうまくいかなかった。レオンにおける教員弾圧は酷烈をきわめたが、それに関してはある本で触れられているだけである（その本によると、数百人にのぼる教員が死亡するか亡命し、ほかにも大勢の教員が追放されるか、粛清された）。また、おじに関する情報は現在でも二つ（ひとつはロシアにいるという証拠書類――そのことを知って祖母は生きながらえることができた――、もうひとつはビスカヤで死亡したという証拠書類――父とその兄弟たちはほかに確かな情報を得られなかったので、それを受け入れた）しかない。おそらく今後もこれらの情報以外にそれらしいものは得られないだろう。というのもあれから長い年月が経ち、新しい情報が得られる可能性は、おじが戻ってくるのを期待するのと同じようにほとんどないように思われるからだ。近年、殺害され、害獣のように側溝、あるいは山の中に埋められた共和派の人たちを捜し出そうとする運動が国中で起こっているが、それに期待をかけることもできない。というのも、遺骸を見ても、それがおじのものだと見分けるすべがないのだ。それに、おじがどこにいたのかさえわからない……。

だから、行方不明のおじはほかの多くの人たちと同様亡霊として存在し続け、写真は何十年も前と変わりなく古い生家の壁に掛けられることになるのだろう。ちなみに、あの家は現在ぼくの所有になっていて、休暇のたびに利用している。ぼくと同じように息子がいずれあの家を受け継ぐはずだし、そうなると写真は壁から外されるだろう（息子はあの写真を怖がっていないし、今では戦争のことを話題にする人もいない）、そう考えるといたたまれない気持ちになる。そうなればおじの亡霊は歴史の深い霧に包まれて姿を消すだろう。この話はぼくしか知らないが、ある日祖母の前におじが姿を現した（ある朝、火をつけようと台所に入った祖母は、そこで椅子に座っているおじに出くわしたのだ）。祖母は息子の顔をふたたび見ることができたと喜びの涙で顔を濡らして駆け寄ったが、それは夢だった。

依頼された短篇

その女性は機窓から下に見えるどっしり動かない綿雲を眺めたあと、ふたたびシートにもたれかかって目を閉じた。

服装はブルーで統一されていた。金髪で、年齢は三十代とも、四十代ともとれたが、歳月が実年齢以上のものをその顔に刻み付けているように思われた。

隣の席の会社の重役らしい中年男が新聞紙越しに横目で彼女の方をちらちら見ていた。男は寄航地のミュンヘンで乗り込んできて、それまで彼女の横に座っていた男が降りたあと、その席に腰を下ろした。降りた男もひとり旅で、今度の男よりもずっと若かったが、ブダペストから一時間半のフライトのあいだ中、彼女を見つめていた。

その女性は気づかない振りをしていた。人から見つめられるのは不愉快だったが、いつものことで慣れていた。ひとり旅だった上に、とても魅力的な女性だった。彼女は少女時代から男性に見つめられてきた。それに今はべつのことに気をとられていて、まわりのことを気にする余裕などなかった。実は何年も連絡のなかった人から突然電話がかかってきたのだ。そのせいで現実世界とのつながりがすべて断たれたような気持ちになっていた。瞼の奥に刻み付けられたようなあの綿雲のことも考えられなかった……。

作家は瞼をごしごしこすると、新しいタバコに火をつけた。このストーリーはぼくをどこへ連れて行こうとしているんだろう？　それに何よりも、あの女性はいったい誰なんだ？

　時間は午前の二時だった。パソコンの前に一時間以上座って、思い浮かんだのはそれだけで、わずか半頁ほどの原稿を書いたにすぎなかった。自分でもなぜあのようなものを書いたのか、この先どう展開していくのか見当もつかなかった。一方、家では妻と息子が彼の苦労も知らずにぐっすり眠っていた。

　友人たちと会食をし、終わったのは例によって真夜中過ぎだった。そのあと妻と一緒に家に戻ると、しばらく執筆するよと伝えた。じゃあ、向こうの部屋で仕事をしてくれる、わたしは明日、朝が早いからという答が返ってきた。

　一時間ばかり家の中をうろうろ歩き回った。ベッドに入ろうと妻が化粧を落としている間に（家に戻ったとき、息子はすでにぐっすり眠っていた）、彼の方はいいアイデアが浮かんでこないかと客間から仕事部屋、仕事部屋からバスルームといったように家の中を歩き回った。しかしこれといったアイデアは浮かんでこなかった。とりとめのないイメージ、あるいは使えそうもないプロットの断片しか思い浮かばなかった。中には甘ったるい恋愛小説を得意とする三流作家が思いつきそうなものもまじっていた。

「何をしているの？」これからベッドに入ろうとパジャマに着替えた妻が部屋をのぞいて尋ねた。

「何も。今、考えているところなんだ」

　テレビをつけた。一息入れたり、執筆中の小説の次の章を考えたりするときは、テレビをつけることがあった。そうすると自分が今書いている小説を、距離を置いて眺めることができるのだ。しかし今のところ何も書いていない。それどころか何を書けばいいかわからず途方に暮れている。テレビをつけたものの、アイデアは浮かんでこなかった。チャンネルを回していくつかの番組をのぞいてみたが、画面に出てくるのは安っぽい番組か、映画の冒頭シーンで、いちばん多かったのはコマーシャルだった。先の見えない袋小路に入り込んで動きが取れなくなっている彼に、救いの手を差し伸べてくれる番組は画面に現れなかった。

テレビを消した。隣の仕事部屋に戻ると、パソコンの前に腰を下ろした。何について書けばいいかわからなかったが、とにかく書きはじめるしかなかった。少し前に思い浮かんだハンガリーから帰国する女性のイメージが、ひょっとすると救いの手を差し伸べてくれるかもしれない。一つひとつの顔の背後には何らかの物語が隠されている。そして、あの美しい女性がなぜか頭から離れないな、と考えた。

奇妙な女性だった。彼の前の、窓側の席に座っていた。そして隣の席にはいつも別の人（最初は若い男で、次にミュンヘンから乗ってきた別の中年男性）が座っていたが、フライト中彼女は一言も口をきかなかった。あの美しくて口数の少ない女性には、何か秘密があるのだろうかという考えが頭をかすめた。

しかし彼女の秘密とは何だろう？　つらい失恋をしたのだろうか？　人に言えないようなドラマティックな過去があるのだろうか？　ひょっとすると、何か秘密の任務を果たそうとしているのかもしれない。

ひとまず、思い切ってブルーの女というタイトルにすることにした。しばらくそれを睨んだあと、こう書きだした。その女性は機窓から下に見えるどっしり動かない綿雲を眺めたあと、ふたたびシートにもたれかかって目を閉じた。

まずまずだ。最初にきちんと状況設定したので、先へ進めるようになった。服装はブルーで統一されていた。金髪で、年齢は三十代とも、四十代ともとれたが、歳月が実年齢以上のものをその顔に刻み付けているように思われた。ここまでは完璧だ。ストーリー展開がどうなるか読み取られないように、物語の出だしに緊迫感を持たせなければならない。ブルーの女性は間違いなくはかり知れない秘密を抱えているが、それが作品に緊張感を与えていた。

しかし、その秘密とはどのようなものだろう？ つまり、ストーリーはどう展開していくのだろう？ というのも、文章を次々に積み重ねていけば、つまりほかの乗客なり、飛行機、あるいは飛行ルートについて詳細に書いていけば、それで一編の短篇ができあがる。しかし、そうすると短篇の場合は明確な方向を見失って動きが取れなくなるときが来る。彼の場合、あるイメージなりアイデアから出発して書きはじめる傾向があるが、これは小説を書くのに向いている。結局のところ、それは芸術的な創作なのだが、冒頭から正確さと明晰さを求められる短篇には向いていないのだ。

にもかかわらず、彼は書き続けた。隣の席の……中年男、と書いて、ようやく次のパラグラフにたどり着いた。実は何年も連絡のなかった人から突然電話がかかってきたのだ。そのせいで現実世界とのつながりがすべて断たれたような気持ちになっていた。瞼の奥に刻み付けられたようなあの綿雲のことも考えられなかった……。

恐れていた通り、物語はそこで暗礁に乗り上げた。何日も前からあの女性は何を考えていたのだろう？ 彼女を不安に陥れた電話の主とは誰だろう？ 今回飛行機に乗ることになった原因は彼女にあるのだろうか？ それよりも彼女はどういう理由で、どこへ向かっているのだろう？

作家は目をごしごしこすった。頭の中でさまざまな疑念が渦を巻き、籠の中でサクランボが押し合いへし合いしているような状態になり、答を導き出すどころではなかった。加えて一気に疲れが出てきて、押しつぶされそうになった。午前の二時で、仕事のできる時間ではなかった。とりあえずここで一休みして、明日また気分も新たに仕事に取り掛かる方がいいだろう。

パソコンの電源を切った。ブルーの女性が姿を消し、彼女の謎も画面から消滅した。彼もまた姿を消すだろうが、ただ、疲れ切っているのですぐ眠りに落ちるだろう。眠りについたとたんに空想の世界の中にいる彼自身も姿を消すことになる。寝室に向かいながら、結局あの奇妙な女性は、依頼された短篇を書くために作り上げた便法でしかなかったのだと考えた。

実を言うと、翌日になるとすべてをきれいに忘れていた。バスルームから出てきた妻に言われるまで、短篇を書きはじめたことさえ忘れていた。

「昨夜はどうだった?」

「昨夜?……ああ、何とかね」と寝ぼけたまま嘘をついた。

「少しは書けたの?」

「少しね……」ブルーの女性が登場する短篇を思い返しながらまた出まかせを言った。

「原稿を渡すのはいつ?」

「書き上げたときだよ」彼は少し不機嫌になってそう答えた。

それまで何度も一緒に仕事をしてきた新聞社の文化部の編集長から前日に電話があり、それがすべてのはじまりだった。

「短篇をひとつ書いてくれないか？」

「短篇？……何について書けばいいんだい？」

「テーマは何でもいい」

「長いの、それとも短くていい？」

「三十ページかな」

「三十ページ！」彼は思わず大声を上げたが、頭の中ではそれを書くのにどれくらい時間がかかるか計算していた。「で、締め切りはいつだい？」

「八月だ……いや、七月二十日までにぼくの手元に届くように書いてもらいたいんだ」電話口の向こうでそう言っている編集長の声が聞こえた。

「二十日だって？」カレンダーに目をやってあと何日残されているか計算しながら、作家はふたたび大声でそう叫んだ。

「挿絵を入れなきゃいけないんでね」と電話口の相手から説明を受けたが、それまでの経験上、大方の察しはついていた。「出かける前にすべてを終わらせたいんだ。七月三十一日にこちらを発つんだよ」

「わかったよ」相手の立場を考え、引き受けることにして、作家はそう答えた。

「じゃあ、当てにしていいんだな？……」

「ああ、やるよ」できれば断りたかったが、言い出せないまま結局引き受けることにした。

「三十ページだぞ」編集長は別れのあいさつ代わりに、電話口の向こうにいる相手にそう繰り返した。

それにしてもタイミングが悪かった。実を言うと、この秋に仕上げてしまおうと何カ月も前から気合いを入れて書いている作品があって、夏に集中的に書き進めるつもりでいた。ただ、今回の仕事が稿料のいいことは経験上知っていたし、新聞を通してふたたび自分の読者と接点を持てるというこの上ない贈り物も期待できた。この三年間、彼は本を一冊も出していなかったのだ。

その日は一日中、今回の依頼に応えるにはどうすればいいかあれこれ考えた。締め切りまでわずか三週間ほどしかないので、ゆっくり構えていられなかった。

真っ先に何について書けばいいのか考えなければならなかったが、その点は問題がないように思われた（頭の中にはアイデアが山のようにあったのだ）。ただ、今の時点で書きたいと思えるようなアイデアをどうやって見つけだすかが問題だった。しかし、数年間かかりきりになっている小説のせいでアイデアは記憶からきれいさっぱり消えていた。中には急場しのぎにいいかげんなものを書く作家もいるが、彼にはそれができなかった。逆に、彼の場合、自分が本当に興味を持てるテーマでなければ、筆がまったく進まなかったのだ。

では、自分はいったい何に興味を持っているのだろう？　現在執筆中の小説がそれだが、それを端折って使うわけにはいかない。その小説とはまったく別の短篇を書かなければならないが、それが頭痛の種だった。できることならほんの二、三日でいいから今書いている小説のことを忘れて、短篇に打ち込みたいと思った。

いくつかの可能性を考えてみた。ノートには短篇を書く上で役に立ちそうなストーリーをいくつも書き溜めてあった。たとえば、つねに何か書きたいと思っている人物クロドゥルフォ［一九二〇年代にレオン地方のソティーリョで殺人事件を起こした人物］の起こす犯罪（このストーリーは子供の頃からずっと記憶に残っていた）、あるいは祖父にまつわる話がそれだが、どちらも短篇の種になりそうになかった。新聞記事かコラムで自分の考えを述べるというのなら使えるだろうが、三十ページの短篇となると無理がある。それくらいの長さだと、プロットに工夫を凝らすだけでなく、とりわけ人物を数多く登場させなければならない。

頭を切り替える必要があった。バカンスと関係のあるものがいいだろう。短篇は八月に掲載されるから、大半の読者はどこかの浜辺でバカンスを楽しんでいるはずだ。そういう読者の興味を引くには、どういう話がいいんだろう？　だめだ、何も浮かんでこない。いずれにしても、読者が抱えている問題を忘れさせるようなものを書かなければならないのに、彼は真逆のことをしようとしていた。自分はこれまで読者のことをあまり気にかけてこなかった（執筆中のことだが）。だったら、今になって気にかけるのはおかしいのではないかと考えた。正直言って、読みたいと思う人が読んでくれればいいので、読みたくなければほかの作家のものを読めばいい。

では、自分はいったい何に興味をもっているのだろう？　今この瞬間の自分にとって大切なものとは何だろう？　基本的にそれはつねに変わることはないし、すべての読者もよくわかっているはずだ。つまり、孤独、忘却、生と死にまつわる神秘といった昔からあるテーマがそれであり、それを自分の視点からとらえ直しているにすぎない。しかしそうしたところで問題が解決するわけではない。抽象的な言い方をすれば、それらは単に哲学的概念、論証を欠いた観念でしかなく、それ自体何の意味もない。できることならそうしたものを物語に、それも興味深いストーリーに仕立てなければならないのだ。

そこまで考えたところで、これまでの人生で聞かされてきたさまざまな物語を思い出した。その中には楽しく聞かせてもらったものもあれば、お義理で拝聴したものもあった。ものを書きはじめて多少人に知られるようになってからは、本に書いてもらおうと、言い訳交じりに身の上話をする人たちが現れてきた。作家が自分の意見を述べるのを待ちきれず、語り手の方から、どうです、いい話でしょう、と大きな声で誇らし気に言うこともあった。また、これ以上ないほど図々しい人の中には、自分の人生を残らずお話しします、それをもとにすればきっと素晴らしい小説を書けますよと言う人もいた。

何年ものあいだ、近所に住む人や親戚の人間はもちろん、自己紹介することもなければ、こちらが迷惑に思っていることなど気にもかけず、見ず知らずの人が突然通りの真ん中で近づいてきて、身の上話をはじめることもあった。時と場所を選ばずそばに寄ってきて、いろいろな話を聞かされることもあった。言うまでもなくそうした話にはうんざりさせられるのだが、話をやめさせる手立てがなかった。自分の人生は一編の小説のようなものだと思い込んでいる人、あるいは自身の話が世界の比喩になっていなければ、何の意味もないということを理解していない人がいて、そういう人を相手にすると、ただ辛抱して聞くより仕方がなかった。その話をすると、友人たちは口をそろえて、それが有名税ってものだよと答えた。

「有名税？……どういうことだい？」

「君は有名人だってことだよ」

「有名人だなんて、願い下げだね……」

「もう、手遅れだよ」

今になって、もっと身を入れてああした話に耳を傾けておくべきだったと後悔している。そのうちのどれかは短篇を書く上で助けになる、あるいは少なくとも何らかの暗示を得られるはずだ。短篇というのは、人間の想像力によって文学に変容させられた単純なエピソードなのだ。

　想像力！　これが今の彼を悩ませている問題に対する解答、すべての疑念を解き明かしてくれる特効薬だった。想像力さえあれば、ストーリーなどなくてもいい。ひょっとすると自分は、他人の想像力に頼らないと物語を作り出せないのだろうか？　そういえば現実をもとにして書きはじめた場合でも、いつもそうだった。

　作家はほっと一息ついた。ようやく答が見つかったのだ。自分の身に何か起こらないかぎり、七月二十日には新聞社の編集長のデスクの上に彼の短篇が載っているだろう。そうなれば、自分にとって大切な仕事である小説に集中することができるはずだ。

　しかしあっという間に日が過ぎた（あれからもう一週間経っていた）。それなのにこれといったストーリーが思い浮かばなかった。ブルーの女の話は予想通り屑籠行きになり、ほかの多くの物語も梗概だけ、あるいは冒頭で頓挫したままになっていた。《死んでいるな、男はそう言うと、もう一度死体を覆い隠した》というぞっとするような書き出しではじまる話から、陰謀が計画されるが、作品の末尾で型通り解決されるといったものに至るまで、さまざまなストーリーが思い浮かんできたのだ。

　それまで興味を持ったことのないものも含めてあらゆる文体を試してみた。たとえば写実的な文体を用いたり（目の前に現実としてあるものをなぜ描かなければならないのかついに理解できなかった）、歴史書の文体にも挑戦してみたりしたが、歴史を書くのであれば歴史家に任せておけばいいので、そんなことをするのは時間の無駄でしかないと思えた。どの文体も納得がいかなかったし、短篇を書く上で役に立つとは思えなかった。

　問題は何について書けばいいのかわからないことだった。テーマについてああでもないこうでもないと考えに考え、あらゆる文体とジャンルを試してみたが、冒頭から読者を魅了し、最後まで引っ張っていく力をそなえたストーリーを見つけ出すことはできなかった。肝心なのはそこなのだ。プロットが突然腰砕けになったり、ストーリーが力を失っていったりすると読者を引き付けられなくなるのだが、そうした作品と真逆のものを書かなければならなかった。というのも、短篇というのは——周知のように——テーマでもなければ、ましてやプロット、あるいはその構成ではなく、物語の糸が互いに絡み合うにつれて成長していく網目構造なのだ。

　しかし、もつれ絡み合ったその特異な糸のせいで、彼は一週間のあいだ肘掛椅子に縛り付けられていた。一行も書けないまま空しく時間だけが過ぎていくのに気づいて、目に見えない糸でいっそう強く締めつけられるように感じていた。さらに、このままでは今に窒息死するのではないかという不安まで襲ってきた。

　おそらく、絡み合ったすべての糸を断ち切って、面白いかどうかなど気にかけず適当に何かエピソードを選んで書きだせばいいんだ、と作家は考えた。ただ、そこには危険が待ち受けている。つまり、数日間集中して短篇を書いたとしても、結局、意に満たないかもしれない。その場合、問題は作品を書きあげることでも、最終的に破棄してしまうことでもない。そうではなく、時間とエネルギーを使い果たしてしまったために、間違いなくやり場のない憤りと挫折感だけが残されるだろうが、それが問題だった。経験上そのことは痛いほどわかっていたし、今回またしてもそれと同じ思いを味わう羽目になるかもしれないのだ。

　彼は一息入れることにした。散歩をすれば気分が変わって、最初からもう一度やり直そうという気力が湧いてくるかもしれない。何日も前から囚人のように部屋に閉じこもって空しく探し求めたストーリーが、道を歩いているときに見つかるかもしれない。服を着ながらそんなことを考えた。

　通りに出ると、彼の不安な思いをよそに強い陽射しがじりじり照りつけていた。真昼時に炎暑の中を歩いている数人の歩行者も、同じように陽射しを気にかけていなかった。七月のある土曜日で、真夏の容赦ない陽射しの下で町は松明のように燃え盛っていた。

　七月の暑い盛りに短篇を書けと言ったのはいったいどこの誰だ？　こんな仕事は今回限りで二度と引き受けないぞ、と空を眺めながら心に誓った。

　カステリャーナ通りを下りながら作家が街頭に設置してある温度計に目をやると、その度に気温が上がっていた。コロン広場まで来たとき、最終的に三十八度を指していた。近くにカフェ・テラスはないかと見回してみた。冷えたビールで喉を潤したかったのだ。それならカフェ・ヒホンのテラスに勝るところはない。すぐ近くにあるし、木々が影を落とし、市内でもっとも文学的な雰囲気をたたえた魅力的な店だった。あの店の中にはきっとさまざまなアイデアが空中に漂っているので、短篇を書く上で何かいいテーマが見つかるかもしれない。

　マロニエの木々に囲まれたテーブル席から店内を観察した。大きな窓越しに客の顔が見え、その中には知り合いの作家も何人かいた。彼と同じで仕事もせず単に時間潰しをしているだけなのに、気にかける様子もなく熱心に話し込んでいた。あの中には自分のように二十日締め切りの長めの短篇を抱えている者はいないだろうなと考えた。

「何になさいますか?」とトレイをもって近づいてきたボーイが尋ねた。

「ビールを頼む」と作家は言った。

テラスには客がほとんどいなかった。大半の人はバカンスで町にいなかったので、そこで食事をしているということは、バカンスなのにどこにも出かけなかったということだろう。テラスには一組のカップルと外国人らしい二人連れがいた。外国人らしい男たちはテラスに並んでいるテーブルを二つ占領していたが、中南米の作家をつかまえようと網を張っているどこかの大学教授かもしれない。そこに腰を据えていても、いいアイデアが浮かんできそうになかった。

その日の新聞の付録についている文化欄をのぞいてみた。掲載されている評論から考えて、取り上げられている作品はどれもこれもすばらしいプロットの作品のようだった。《何某、あるいは語りの技巧》、《Xの大小説》、《だれそれ、フィクションに回帰する》といったタイトルが目についた。しかし、内容を読んでみるとそれほど独創的とは思えなかった。現代をテーマにしていない作家は、スペイン内戦、あるいは自分の幼年時代について書いていた。中には興味を持つ人などいないはずなのに、誰かが関心を持つと考えたのか、自身の兵役体験を堂々と語っている作家もいる。

新聞からアイデアなど得られないことはわかっていた。新聞もカフェ・ヒホンも役に立たなかった。真の文学がこういう世界から遠く離れたところにあることは、経験上わかっていた。

そういう場所があるはずだが、それはどこだろう? 何日も前から空しく探し求めているのに、一向に姿を現さないその短篇はどこに身をひそめているんだろう?

作家はビールの代金を払うと、家に戻ることにした。すでにかなりの時間をむだにしていたので残り少なくなってきた。それにもう食事の時間だった。

カステリャーナ通りをのぼって家に戻った。陽射しがあまりにも強かったので、ひさしの下を選んで歩いたが、そのときふと、大学時代は試験直前になると一分一秒がこの上なく貴重に思えたことが記憶によみがえってきた。そうだ、ここは踏ん張りどころだ。学生時代のように気持ちを引き締めてやろう。

しかし家では、最悪の事態が待ち受けていた。ドアを開けたとたんに、客間にいた妻が早く電話を代わってと身振りで伝えてきた。

「誰からだい?」

「新聞社よ」受話器を渡しながら妻が言った。

挨拶する間もなかった。

「どう、進んでいる?」文化欄の編集長の声だった。

「まあね」と彼は動じることなく嘘をついた。

「でも、まだ出だしのところだろう、あとの方はどうだい?」

「半分ほどってとこかな……」迷うことなく嘘の上塗りをした。まだ時間があるから、その言葉が嘘でないことをこれから証明すればいい、と自分に言い聞かせた。

「当てにしているよ……」編集長はまるで作家の言葉を信じていないかのようにそう念を押した。

そう答えたものの、自信はなかった。逆に自分がもし編集長だったら、相手の言うことなど信じずに、早く書き上げてくれと電話でうるさくせっついたことだろう。

作家は、出版業界とジャーナリズムの世界で、自分が遅筆の作家だというイメージで恐れられつつ同時に称賛されてもいることに気づいていた。担当の編集者は毎年二度ほど電話をかけてきて、執筆中の小説、あるいは本について進み具合を尋ねた。そのたびに彼は決まって、まあまあってとこだね……と答えた。

「まあまあって……どういうことだい？」

「まあまあってことだよ、それだけだ」彼からそれ以上の答を引き出すことはできなかった。

彼はこれまで規律を設けず、ゆっくりしたペースで執筆してきた。何年も前からそれで生計を立ててきたが、ほかの作家仲間とは逆に、文学は彼にとって仕事ではなかった。文学的営為とは粘り強く言葉を蒸留することにほかならなかった。それと逆のことなどする必要はない、と自分に言い聞かせていた。たとえそうする必要があったとしても、彼にとってはどうでもいいことだった。

しかし今は、小説を執筆しているわけではない。彼の小説作法など気にもかけない一般読者に読んでもらうために短篇を書いているのだ。読者が見ているのは、作品の組み立てとプロットだけなのだ。

そうした読者を相手に何を語ればいいのだろう？　夏の情事？　特定の読者が喜びそうな男女の三角関係？　推理小説風の趣向を凝らした短篇？　何だっていいじゃないの、と面倒くさがり屋の妻はよく言ったものだった。

しかし、何でもいいから書こうという気持ちにはなれなかった。自分は真摯に作品に取り組む作家であり、本当に書きたいことしか書いてこなかった。それ以外のことはほかの作家がやってくれるだろう。作家にはそれぞれ自分の良心というものがある。

問題はそんなことを考えている間にも、時間がどんどん過ぎていくことだった。すでに八日間を無駄にしてしまったので、あと十二日しか残っていない。ほかの作家ならそれだけあれば十分だろうが、彼にとっては短すぎた。いまだに何について書けばいいのかわからず模索している。

そうした状況に追い込まれると、彼は決まって不機嫌になった。決断がつかず思い悩むようになると、何の罪もない家族に当たり散らした。とりわけ妻にはきつく当たった。彼女は何とか助けになりたいと思っているのだが、結果的には夫を追い詰めることになった。

「何も言えないってことね……」と妻は愚痴まじりにこぼした。

「どうして黙っていられないんだ？」

「わかりました、もう口をききません」

しかし、すぐに今言ったことを忘れてこう尋ねた。

「夕食は何にする？」

「何でもいい」と彼は感情を押し殺してそう答えた。

「何でもいいと言われても……」

短篇をどうしても書き上げなければならなかった。いつまでもこんな状態を続けるわけにはいかない。わずかな日数しか残っていないこととは別に、何日も今みたいな状態を続ければ、離婚沙汰にまで発展しかねない。短篇を書くように言ったのは、一体どこの誰だ、とお決まりの愚痴が口をついて出た。

どこか違う場所へ行って書くのが一番いいのかもしれない、と考えた。誰の邪魔にもならず、むろん家族もいないところでひとりきりになることだと考えた。

しかし、それも解決策ではなかった。どこかの屋根裏部屋、あるいは山間にある一家の所有する別荘に籠もるのもいいかもしれないと考えたが、それには、まず何について書くかを決めなければならない。そうしなければ、結局あれこれ考え過ぎておかしくなってしまうことは目に見えている——という結論に達した。

じっとしていられなくなった。それまで以上に苛立ちがつのりはじめた。数日前からひどく怒りっぽくなっていたが、新聞社の編集長からふたたび電話がかかってきてからは、不安の方が強くなりはじめた。

もう一度最初から書き直そうと思ったが、どこから手をつけていいかわからなかった。今のところ自信などまったくなかったが、そのうちいいアイデアが浮かんでくるかもしれないと考えた。それまでにも似たような状況に追い込まれたことが何度もあったが、何とかしのいできた。

以前、同じ新聞社から短篇を書いてもらえないかと依頼されたのを思い出した。あのときは夏のバカンスでなく、クリスマスに向けて書いてほしいと頼まれた。今回と同じで、何を書いていいかわからず、ああでもない、こうでもないといろいろなテーマについて考えた。そしてついにある日プロットが思い浮かび、クリスマスの日の自殺について書くことにした。何よりもほかの作家たちとは真逆のものを書くことにしたのだ。多くの人が言っているのとは逆に、彼にはクリスマスが悲しいものに思えてならなかった。徹夜して一気に書き上げた短篇は、翌日の朝刊に掲載された。

しかし、今回はあの時よりも厄介だった。第一に短篇といっても、以前に比べてずっと長いというのがひとつ、もうひとつは締め切り日までにあまり日数が残っていないことだった。実を言うと、二十日間（そのうちの八日間はすでに過ぎていた）で三十ページの短篇を書けるはずがなかった。三十ページといえば、ほとんど小説を一冊書くようなものだ……。それまでの人生で彼が書いた短篇でそんなに長いものはただの一作もなかった。

実は、彼はそれまであまり短篇を書いてこなかった。しかもほとんどが依頼原稿だった。一時期、新聞社は古くからの慣習を無視して短篇を載せなかった。短篇が掲載されるようになったのは、そのジャンルを存続させたいという気持ちがあったからなのか、それともバカンスで報道記事に穴があくのをいやがったからなのか、そこのところははっきりしない。

そうした中で彼は短篇をいくつか書いてきた。正直言って、短篇を書くのはきらいではなかった。小説と違って、短篇の場合は背中を押される、あるいは少なくとも向こうに約束してしまうと、あとに引けなくなる。もっとも今回はそれで苦労しているのだが。おそらくジャンルの問題なのだろう。文学的な問題に関して最良の助言者と言っていいホセ・カルロンは、スポーツでほかの競技よりも長距離走の方が得意な人がいるのと同じで、文学においても短いものよりも長い作品の方がより力を発揮できる作家がいるとよく言っていた。

たしかにその通りだった。その日に片づけなければならない用件があるように思えない人たちが、急ぎ足で窓の向こうを通り過ぎていくのを見ているうちに、彼の言うとおりだなと思った。つまり、ほかの作家は短篇では名人芸を披瀝するのに、小説となると途中で投げ出してしまうことがある。彼が短篇をあまり書いてこなかったのは、カルロンの言うように、それが自分の得意とする距離ではないからなのだ。

しかし、今回は何としても短篇を書き上げなければならない。たとえ血の代償を払ってでも。プロの作家としてどうしても書かなければならないのだ。彼は決まり事を無視する上に、遅筆の（ある人たちに言わせると、いつ原稿が出てくるか予測のつかない）作家として知られているが、新聞社の編集長に約束した以上、何としても果たす必要があった。

「短篇はうまくいっている？」

「だめだね」

「だめって？」電話口の向こうにいる編集長が狼狽して言った。

眠っているときに電話で起こされた。一晩中まんじりともせず明け方になってようやく眠りにつき、そのまま眠り込んでいるときに突然電話がかかってきたのだ。時間は正午近くになっていた。

「ああ、思ったように書けないんだ」相手の反応に気づいて、作家は断定的な言い方をやわらげた。

「それで？」

「別に何も。行き詰まっているんだ」

問題があることを遠回しに認めたが、編集長が脳溢血で倒れてはいけないと思って嘘をついたのであって、実はまだ一行も書いていなかった。

かといって正直に打ち明けるわけにはいかなかった。締め切りを三日後に控えているのに、今さら実は依頼された短篇がどうしても書けないんだとは言い出せなかった。

「だけど、君なら書き上げられるさ……」いつものように締め切り日を過ぎてから原稿が出てくるだろうとわかって動転した編集長は、厳しい口調でなく懇願するように言った。

「もちろんだよ」と自分がはまり込んでいる泥沼から抜け出す方法が見つからないまま作家はそう答えた。

泥沼から抜け出すのがだんだんむずかしくなってきた。ここ数日はものを考えられなくなって、執筆どころでなかった。

　数日前から神経症気味で、アリが身体中をはい回っているような感じで片時もじっとしていられず、檻に閉じ込められた犬のように一日中家の中をうろうろするようになった。そのせいで、一日が終わると疲れ切って倒れ込むようにしてベットに横になるのだが、いつまでたっても眠れない。それどころか、何時間もベッドの上で寝がえりを打ちながら、いくつものストーリーを思い浮かべる。しかし、朝になると何ひとつ覚えていないのだ。

　ほとんどが夜に現れる亡霊のように現実離れしたイメージで、眠りについたとたんに夢の世界の闇の中に消えていった。それ以外はいつも同じで、ブルーの女、クロドゥルフォ、自分の祖父のイメージが浮かんできた。あれこれ考えてみたが、そこからは何も引き出せなかった。それどころか、考えれば考えるほどつかみどころのないものになっていくように思われた。

　夢に出てきた中に何か使えそうなアイデアはないかと考えてみた。一時期、繰り返し夢に出てきたもっとも鮮明なイメージは、飛び降りようとするように窓枠に腰を掛け、両脚をぶらぶらさせている女の子だった。ブルーの女と同じで、何かストーリーが隠されているはずだが、そこからは何も導き出せなかった。

　ほかを探すしかなかった。しかし、ほかと言ってもどこを探せばいいのか見当もつかなかった。あらゆるテーマ、可能性のあるプロットすべてを思い浮かべてみたが、どれひとつとして役に立ちそうに思えなかった。おそらく、問題はアイデアが枯渇してしまった彼自身にあったのだろう。

　作家なら時々経験することだが、突然アイデアが何ひとつ浮かばなくなり、しばらく断筆せざるを得なくなる――そう考えて背筋に冷たいものが走った。彼が敬愛する作家のひとりファン・ルルフォ［一九一八～八六。メキシコの作家。小説『ペドロ・パラモ』（杉山晃、増田義郎訳、岩波文庫）の作者として知られる］のようにほとんど作品を書かなくなった作家もいる。

しかし、本当にアイデアが枯渇したのだろうか？　ほかに何か理由があるのではないか？　アイデアは誰でも持っているし、ファン・ルルフォは誰よりもたくさん持っていた。少なくとも『燃える平原』［杉山晃訳、岩波文庫］、『ペドロ・パラモ』というスペイン語で書かれた文学作品の偉大な里程標とも言える二冊の本の中で、彼はそのことを証明してみせた。では、なぜペンを持たなくなったのだろう？　面倒くさくなり、世界で起こっている出来事、もしくは表現としての文学に対する興味を完全に失ってしまったのだろうか？

いずれにしても理由が何であれ、ある作家が突然一時期筆を執らなくなる、あるいはファン・ルルフォのように決定的な形で断筆することがあるが、それが今、自分の身に起こっているのだ。それも最悪のときに。というのも、自分の書いた物語を渡すまでに残された日数はわずか三日で、しかも書けなければ、新聞社の人たちを裏切ることになる。

編集長は、彼が書いてくれると信じている。締め切り日が過ぎてからでないと原稿を渡さないというので有名だったが、編集長は彼の言葉を信じてくれた。今回もしあの短篇を書かなければ、ひどく気落ちしてこの先何年も挨拶ひとつしてくれないだろう。新聞社の編集長は締め切り日が過ぎても待ってくれるかもしれない（それどころか、信頼してくれていたからこそ、締め切りが間近に迫っているのに彼に依頼したのだ）。だから、何としても約束を果たさなければならない。何が何でも短篇を書かなくてはならないのだ。読者を裏切るわけにはいかない、それくらいなら人の書いたものを剽窃（ひょうせつ）する方がましだ、とつぶやいた。

自分の書いたものから剽窃するというのはどうだろう？　以前に書いた本の中から短篇を探し出して、それとわからないような作品に書き換えるという方法もある。また、昔書いた小説なら誰も覚えていないだろうから、その一部を使う手もある。それを手直しすれば、この苦境から何とか抜け出せるかもしれない。

しかし誰かが、これは以前に彼が書いたものからの剽窃だと気づいたら？　注意深い読者がそのことに思い当たり、新聞社に訴え出たら？　世の中には一度読んだら決して忘れない人間もいる……。

そんな危ない橋を渡るわけにはいかない。恥ずべきことだし、プロの作家がすべきことではない。それなら、いっそ短篇の原稿を渡さずに、そこから生じる結果を甘受する方がいい。

今取りかかっている小説の一部を渡すという手もある。それなら誰からもとがめられないだろう。短篇として書いたものではないが、未発表のテキストであることは間違いない。それに手を加えてもっともらしい作品に仕立て上げれば、パクリだと疑われる気遣いもない。読者は間違いなく短篇だと思って読むだろうし、来年小説が出版されたとしても、誰にも気づかれないだろう。

しかし、解決策としてはあまり褒められたものでないように思われた。小説は神聖なものだ。だから、神殿に詣でる読者の手に、聖なるものとして汚れない形で届けなければならないのだ。

それなら、どういう方法が残されているんだろう。実を言うと、ほとんど何も残されていなかった。というか、何も残されていなかったのだ。可能性を次々に切り捨てていくと、唯一残されているのは書きはじめたときと同じで、パソコンの白い画面だけだった。いや、白ではない。より正確には何日も前から自分の影が映っている、アイコンでいっぱいのブルーの画面だけだ。

電源を切るしかない。

締め切り日の前日に、作家は早々と白旗を掲げていた。時間切れが目前に迫っているというのに、まだ一行も書いていなかったのだ。

カフェに腰を下ろして最後の時間をやり過ごしながら、自分の置かれた状況についてあれこれ思いを巡らせた。もはや短篇を書けないことははっきりしていたので、そこから生じる結果についてあれこれ考えていた。編集長にはまだ伝えていないが、いつまでも隠し通すわけにはいかない。しかし、どう伝えればいいのだろう？　弁解がましい御託を並べたりせずに、バカンスの時期にと言って頼まれた短篇だけど、どうも書けそうにないんだ、と電話でしれっと言えるだろうか。

本当なら、数週間前に言っておくべきだったのだ。書けそうもないと思いはじめたのは最初の週だが、あの頃ならまだ代わりの作家を探せたはずだ。しかし、もはや手遅れだ。解決策を見つけ出すにも、時間がなく、手の打ちようがない。彼が書くはずだったページは何か別のもので埋めるか、広告を入れるしかないだろう。

しかし、事はそう簡単ではない。単に一ページで片付く問題ではないのだ。ひとりの作家が日曜日を除く六日間を担当し、その作業をリレーのように受け継いで四人の作家が次々にページを埋めるために走り続けなければならない。毎週、短篇が一作掲載されることになっているのだ。

そう考えると、作家はいたたまれない気持ちになった。ほかの人たちはおそらく締め切り前に短篇を渡すだろうし、中にはペレイラのように早々と片付けてしまった者もいるにちがいない。それも読者の期待を裏切らない心躍るような作品を。バカンス向けの短篇、読者はそういうものを待ち受けているのだ。

自分だけがその期待を裏切ることになる。四人のうち、たったひとり、それも世間にあまり知られていない新聞社の歴史の中で、期待に応えられなかったたったひとりの作家になることは間違いなかった。何てことだ！　人からどう言われるだろうかと考えただけで、身の縮むような思いがした。

どうすれば、この難局を乗り切れるだろう？　短篇は書けそうにないし、何章かに分けて語るようなストーリーも思い浮かばない。屑籠をかき回したところで見つかるはずもない。自分のそうした短所は認めざるを得ないが、想像力の欠如ばかりはどうしようもなかった。

しかし、どうしようもないと言って済ませられるだろうか、と考え込んでしまった。ただ想像力に関しては、今回の短篇のシリーズで一緒に執筆することになった三人の作家を含めて、どの作家にも引けを取らない、というか彼らをしのいでさえいるという自負があった。しかし、彼としては読者を楽しませようとするだけの短篇に、自身の想像力を無駄に使いたくなかった。

彼の問題はそれではなかった。問題——それに過ち——は、小説を書いていると生き生きと働く想像力が、今は枯渇しているのではなく、小説を書くという別の仕事を抱え込んでいるときに、長めの短篇を書くと安請け合いしてしまったことにあった。あのときは、小説のことばかり考えていて、これを書き上げたら、次に自分の書いた詩のいくつかに目を通して、手を入れてみようと考えていた。だから、短篇を引き受けられる状況になかったのだ。

作家はカフェをあとにした。当てもなく並木道を歩き、チャンベリ広場に着くとタクシーを拾うことにした。かといって、行く当てはなかった。いずれにしても、家に戻るつもりはなかった。というのも、何日も前から午後になると、妻がいいアイデアが浮かんだかどうかうるさく尋ねてきて、それが煩わしかったのだ。妻は彼が書けると信じきっていた。

レティーロ公園へ行くことにした。木立に囲まれた池のそばならきっと涼しいだろう。通りで物語のタネになるような出来事に出くわすとか、ミューズが手を差し伸べてくれて、面白いストーリーが思い浮かぶかもしれないといった虫のいいことを考えたりはしなかった。ミューズに助けを求めなくなって久しかった。

思った通り、レティーロ公園は平穏だった。子供たちは花壇で遊び、カップルは草の上に腰を下ろし、テラス席では家族連れがオルチャータ［カヤツリグサの根茎をベースにして作った清涼飲料］やレモネードを飲んでいた。つまり、いかにも七月の午後らしく人びとはそれぞれのんびり過ごしていた。そんな人たちを観察している彼をのぞいて、誰もが幸せそうに見えた。幸せな人たちに囲まれて、彼ひとりだけが浮き上がっていた。

公園にいる人たちを見るのに飽きると、背を向けてアルカラ門の方に足を向けた。日が暮れはじめていた。マドリッドの夏の夕暮れはいつもと変わりなくすばらしく美しかった。

家に戻ると、すっかり暗くなっていた。まだ歩道を散策したり、庭園のベンチに腰をかけたりしている人たちがいた。一日の終わりを誰もが満喫しているように思われた。彼をのぞくすべての人が。

「どう、うまくいってる？」彼の顔を見て、妻が心配そうに尋ねた。

「ああ、大丈夫だ」と答えて、それ以上何も言わなかった。

「本当？」

「ああ、大丈夫だよ」微笑みながら彼は嘘をついた。

二人はテレビを見ながら黙々と夕食をとった。バカンスがはじまってから、これといったニュースはなかった。時事問題も刺激的なものは何ひとつなかった。

夕食後、犬を連れて下に降りると、近所を散歩した。すてきな夜だった。星は見えなかったが、ビルの上で輝いているのが感じられた。遠く西の方では、花火が打ち上げられていた。おそらく夜祭りだろう。

家に戻ると、書斎にこもって書類に目を通し、午前一時に寝室に入った。妻はすでにベッドに入っていた。

「どう？」と眠そうな声で妻が尋ねた。

「大丈夫だよ」その後こう付け加えた。「月曜日に夏季休暇を取ろうか？」

「短篇は書けた？」

「短篇？」

「ええ、短篇を書いているんでしょう」彼女はびっくりしたように向き直ると、こう繰り返した。

「できたの？」

「……」

敗北を認めた瞬間に、ブルーの女やそれまで頭の中で思い浮かべてきたすべての人物が部屋の薄闇の中にふたたび亡霊のように浮かび上がった。そのとき、突然アイデアが浮かんだ。どうしてそれまで思いつかなかったのだろう？

彼は起き上がると、仕事部屋に駆け込んだ。パソコンのスイッチを入れ、執筆するためにその前に腰を下ろした。次いでタバコに火をつけると、依頼された短篇というタイトルを打ち込んだ。

やっと自分が本当に書きたいと思っていた物語が見つかったのだ。

尼僧たちのライラック

アレハンドロ・ロペス・アンドラーダに

あの朝、アンダルシアのあの町では春がはじけていた。ぼくを町へ連れていってくれたのは同行者とハイウェイだから、どの程度ぼくに責任があるのかはよくわからない（ぼくは渓谷の主都の団体に招かれて講演をすることになっていたが、同行者はそんなぼくをもてなそうとしてあそこへ連れていってくれたのだ）。彼の方はそこで片付けなければならない案件を抱えていた。それが片付くまでに時間があったので、二人で町を探訪することにした。

町の名前は覚えていないが、丘の上には赤と白の花の群落のように（白は輝くような石灰の色で、赤は大昔のアラビア粘土で作った瓦で葺いてある屋根の色だった）家々が建ち並ぶというすばらしい立地条件のせいで、あの町のことは今でもはっきり覚えている。さらにその上にそびえる城塞と教会の塔が町に影を落とし、眼下の渓谷全体に牧草地が海のように広がっていた。遠くから眺めると町全体がまるで絵はがきのようで、色彩は鮮烈で高低差のある丘の町がくっきり浮かび上がっていた。

町に一歩入ると、狭い通りには十九世紀に建てられただだっ広い家が建ち並び、所狭しとレモンの木が植わった広場（中には泉水のついたものもあった）が点在し、いかにも由緒ありげに見える一方で、衰退ぶりも目についた。いずれ劣らぬ人を威圧する堅固な造りの城と教会は往時の威信を感じさせはするものの、暇をもてあました老人、あるいは子供連れの女性の姿を時たま見かけるだけで、町が昔の輝きを失っていることは隠しようがなかった。一方、歴史は浅いが、渓谷に出来た新しい町々や主都は人口も多く、賑わっていた。レコンキスタ［イベリア半島における八世紀から十五世紀末のキリスト教徒によるイスラム支配からの失地回復運動］の時代、野戦では勝ち目がないと考えたスペイン人があちこちの丘陵を城塞化していったが、とりわけアンダルシア地方ではそれが盛んに行われた。ただ、そこに住みついた住民は何世紀ものあいだそこから平野に下りようとしなかった。

　町の探訪は一時間足らずで終わったが、その間にぼくの同行者が足を運ぶ羽目になった案件は議会で承認された。われわれが帰ろうとすると、町長が会議をいったん中断してあいさつにやってきて、実は目下古い修道院をホテルに改装しているので、ぜひ見学してもらいたいと言った。町長の話によると、それは彼が行っている中でもっとも大きな事業とのことだった。

　修道院は近くにあったし、（食事までに少なくとも二時間ほど余裕があり、急いでいなかったので）町長の言葉に従って以前尼僧たちが暮らしていた一般人の立ち入りが禁じられている修道院の壁はどこかと思って通りを下っていった。四人しかいない修道女が高齢になったので、ごく最近になって修道院が手放されることになった。二〇二四年に創設五百周年を迎える修道院にとってはもちろん、数少ない歴史遺産のひとつが失われることになる町にとってもそれは悲しい結末だった。

　修道院の入り口（通りから壮麗な正面玄関を抜けて坂を登ると石畳の美しい中庭があった）から現在建物の中で行われている工事の様子を見ることができた。背中に工事資金を提供している団体と事業計画の名称、それに盾の形をした町の紋章が入った黄土色のつなぎ（それらを見て作業をしているのが町民だとわかった）を着た二人の作業員が建物の内部から手押し車で瓦礫を運び出し、扉のところに積み上げていた。作業員といっても二人しかいなかったが、中から聞こえてくる話し声や物音から、ほかにも人がいて内部の解体作業が急ピッチで進んでいることがわかった。

文字通り解体工事だった。修道院の前の中庭とファサード、それに近隣地区出身であるにもかかわらず、過去何世紀にもわたって多くの女性たちを修道女（その半数があの町の出身だった）として中に閉じ込めていた堂々とした正面玄関はほとんど手つかずのままだった。しかし建物の内部では武器でなく、大型のハンマーやツルハシによる解体工事が進められていた。そこでは年齢も外見もさまざまな男女が二十人ばかり働いていたが、あの町では失業が深刻な問題になっていたのだ。

私の同行者はあの町の出身ではなかったが、作業員の中に顔見知りの人たちがいた上に、形の上では町長が作業員を雇用していることになっていたので、建物内を自由に歩き回ることができた。

古い修道院は地面に倒れた巨大な動物のようにハンマーで情け容赦なく打ち壊されていた（宗教儀式に用いられるものも含めて、中で使われていた道具は足もとに積み上げるか、ほこりまみれになって床に転がっており、台所用品の鍋や何世紀もの間修道女を外の世界と結びつけていた回転式受付台〔内部が見えないように工夫が施してある尼僧院の受付所〕も瓦礫に埋もれていた。まさに大いなる廃墟といったところだった。しかもそれが時間ではなく、人間の手でもたらされたという意味では救いようのない廃墟だった。ただ壁はしっかり立っていた。あちこちの部屋を巡りながら、ここは教会であそこは中庭を囲む回廊もしくは食堂、こちらが古い僧房で向こうは新しく作られた僧房、といったように付属の別館を頭の中でよみがえらせることができた。十二室ほどしかない新しい僧房はとても軽いレンガで仕切られていた（壁と床にその跡が筋状に残されていた）。おそらく古い僧房が使いものにならなくなったか、修道女の数が減ってしまったか、あるいはその両方が原因で回廊に変えられたのだろう。血のつながっている親族のひとりが修道女になった女性作業員がいたが、その人の話では閉鎖されるまで事実上修道女を送り込んでいたのはあの町だったとのことである。

その女性作業員は自分の子供時代のことも覚えていた。修道女だったおばさんに会いに行ったこともあったし、また思春期の頃には友達と一緒に修道女たちのところへ行って、菜園に植わっているカンゾウの根がほしいとねだったこともあった（その話をしながら彼女はどこかにカンゾウが生えていないかと瓦礫の山に目を凝らしていたが、きっと私に見せたかったのだろう）。当時は甘いお菓子が手に入らなかったので、町の若い人たちは誰もがそれをほしがった。女性作業員は取り壊される前の修道院の中のことも教えてくれた。信じられないことですが——と彼女は言った——わずか四人、それもとても年を取った修道女が四人しかいないのに、ほんとうにきれいに手入れされていたんですよ。そう言いながら、石灰を塗った壁と以前回廊だったところに生い茂っている花を指さした。

今は瓦礫の山に変わっているかつての菜園では、大半の木が枯れていたが、何本かはまだ葉をつけていたし、手入れなどしていないのに花を咲かせているものもあった。修道院の裏手に墓地まで続く菜園が広がっており、墓地は低い壁で仕切られているだけで目立たないよう隅の方に造られていた。誰のものかわからない墓の土が掘り起こされていた。あの古びた修道院では過去五世紀にわたって修道女たちが共同生活を営んでいたが、それが今ではたったひとつの記憶に変わってしまった。その間に何百人もの女性が共同体を通り過ぎていき、現在何人かが僧服の代わりに町の紋章がついた黄土色のつなぎを着て作業に精を出していた。

「あそこにあったものはすでに運び出されたんですよ」と女性作業員のひとりが墓地の方を指さして言った。彼女はそのあと仲間の者と一緒に片隅で花を見つけ、朝の大気をむせかえるような甘い香りで満たしているみごとなライラックの木の枝を折り取った。大きさからして長い年月を生き抜いてきた驚くほど立派なライラックだった。

女性作業員はライラックの花を手に姿を消し、同行者とぼくは探訪を続けた。修道女たちを埋葬した墓地に植わっている、人から忘れ去られたライラックの放つ芳香があたりを包み込んでいた。間もなく伐採されるあの木は誰のために花を咲かせているのだろう？　ホテルに改装される予定の修道院は、修道女たちが五世紀にわたって生活し、自分の墓と運命を見出してきた場所だが、それが無惨にも取り壊されようとしていた。女性作業員の話によると、ある修道女は、三十五年間修道院から一歩も外に出たことがなかった。その人は司祭と一緒に病院へ行くためにはじめて町の外に出たところで交通事故に遭って死亡したとのことだが、彼女も含めて多くの修道女が墓地に埋葬されていた。

「ここだ……このあたりだよ」渓谷の主都に向かう道路のカーブしたところに差しかかった時に、同行者がそう言った。白い花をつけた木の枝のように丘に貼りついている町が後方に遠ざかっていき、その上に塔とコウノトリが浮かんでいた。

おそらく信じてはもらえないだろうが、以下のことは決して作り話ではない。われわれはカーブを曲がって町をあとにした。あの不幸な修道女はおそらくあのあたりで現実世界に戻ろうとしたその日に亡くなったのだろう。ぼくはバックミラーを通して古いあの町の白い石灰と屋根を眺めた。すると、色が少しずつ消えてライラックを思わせる薄紫色に変わっていき、そして突然町全体がその色に包まれたのだ。

ラ・クエルナの鐘

巨大な山塊の斜面にある鐘のような形をした岩場、そこは平和な安らぎの場所で、村は強風に負けまいとそこにしがみついていた。標高千三百メートルの土地で生き延びる、とりわけあの村のように世界から取り残された土地だと、いっそうしっかり身を守らなければならない。とくに冬場は雪で完全に孤立してしまうのだ。

教会はそうした土地に似つかわしくこぢんまりしていて、とっかかりの家から五十メートルほど離れたところに建っていた。ぼくはその両方に通じている坂道を登っていった。道は村で生涯を終えた人たちが眠っている墓地にも通じていた。最盛期は百人ほどいた住民もその頃には五、六人にまで減っていた。もう少し詳しく言うと、その頃は夏だということもあって国内のあちこちに散らばっていた村人が何人か帰省していた。ぼくが到着した時、そのうちの数人が冷たい水の湧き出す泉のそばの家の前でにぎやかにおしゃべりをしていた。

あの時は、偶然ハイウェイの標識を見て村を訪れることにしたのだが、実を言うとその標識は住民の誰かが手書きしたものだった。近くのキャンプ場ではアストゥリアス県とレオン県の旗が支柱の上ではためいていた。それが両県のつながりを示すものなのか、単に県境が近いことを示すものなのかわからなかった。ただキャンプ場からは山脈と空がひとつに溶け合っている稜線がのぞめたが、そこが県境だった。

空とつながっているとは言え、山懐深くに抱かれた隠れ谷の奥の、高さ百メートル以上の場所の、中二階になったような所に村は宙づりになるようにして貼りついていた。息を切らせて坂道を登っていくと、その村が突然目の前に現れた。入り口のところで草刈りをしていた村人に尋ねると、数年前までは川へ行くための道だったが、それを現在のように改修したとのことだった。草刈り用のトラクターは村人やビリャベルデ村と同じくらい老朽化していた。村の正式の名前はビリャベルデだが、まわりの壮麗な風景や圧倒的な存在感を備えたラ・クエルナ山の名前をとって、土地の人たちはラ・クエルナと呼んでいた。

「ラ・クエルナという名前はどこから来たんです？」

「さあ、わからんな」

村と同じようにみすぼらしい教会の扉は、中に誰もいないのにぼくが着いた時は開け放たれていた。小さな祭壇の奥には装飾用の衝立（ついたて）と石膏の像が四体並んでいるだけだった。あとは木製の信者席と年取った女性が怪我をしないようにと置かれた背もたれ付きの椅子が二脚しかなく、それを見ただけでビリャベルデ村の住民の数がいかに少ないか察しがついた。ロス・アルグエリョス地区でも同じような村を通り過ぎたが、一見するとまったく違いはないように思えた。つまり、どこも同じように平穏で静まり返り、華やかなところはないが美しい風景に囲まれていて、近くに墓地があった。そして牧草地を下っていくと最初の家にたどり着く。家々の屋根は真昼時の光の下で赤いかがり火のように輝いていた。

ただ村の教会に足を向けた時、背後の壁に銃弾の跡らしい傷がついているのに気がつき、どうしてそんな傷ができたのか怪訝に思った。

ラ・クエルナの住民が泉のそばに腰をおろして昼食まで暇つぶしをしていた。あんなところに銃弾の跡のようなものがついているのはどうしてですかと尋ねると、彼らは顔を見合わせた。驚いているようには見えなかったが、その質問が、知ってはいるものの、できれば封印したいと思っている記憶の黒い扉を開いてしまったように思われた。村にはあの土地にまつわる些細な話は掃いて捨てるほどあった。事件はその中にあってもっともよく知られたもので、少なくとも一時期は山岳地帯以外の土地にまで広まった。そして、そこにはそれなりの理由があった。

　みんなが話してくれたのだが、何人かは気乗りしない様子だった。その人たちが具体的な細部やそれに対する評価に関して辻褄の合わないことを言いだすにつれて、ほかの人たちが勢いづいたが、そのおかげで、スペイン内戦がはじまったばかりのころに起こった出来事から村の名前に付随する歴史まで知ることができた。戦線が近かったせいで北部における最初の小競り合いがあり、あの山岳地帯に戦争の深い傷跡を残した。そこはビリャベルデの東ほんの数キロのところを流れているクルエーニョ川とポルマ川の間の分水嶺に当たる場所で、レオン県内の山脈が高々と盛り上がりはじめる川を二十キロないし二十五キロ下流に位置していた。

　ぼくが聞いたのはおよそ以下のような話である。戦争がはじまったばかりの頃、（二、三人の聖職者を含む）アストゥリアス県の人たちが思想、あるいは置かれた立場の違いから隠れ場に身を潜めた。彼らはアストゥリアスとレオンの県境になっている山脈を越えてフランコ派の支配地域に向かうことにした。フランコ派の前哨部隊はビリャベルデから東に約十二キロのところにあるリーリョ［リーリョ・デ・ラ・プエブラのこと］と南に約二十五キロ下ったラ・ベシーリャ自治区に展開していた。土地に詳しい男の手引きで彼らは夜間に山越えをしたが、案内人は彼らから相当な額の金をむしり取ったあと、前線のあるあたりまで来たところで姿をくらました。というのも近くの山の頂上や戦略上の拠点では人民軍の兵士が監視の目を光らせていたが、彼らのもっとも重要な任務はフランコ派の進攻を食い止めることだったからだ。その一方で味方の人間が敵側に取り込まれるのを防ぐ役割も担っていた。また、危険な状況になれば有無を言わさず発砲してもいいという指示を受けてもいたのだ。

二、三日の間逃亡者たちは、昼間は地面に身を伏せて時間をやり過ごし、夜になると暗闇に乗じて先を急いだ。案内人に見捨てられるまでそうして進んだが、今となっては自分たちの勘に頼るしかなかった。そこはあのあたりではあまり見られない起伏に富んだ峻険な土地だったし、しかも不安に襲われていたせいで、案内人の手引きでリーリョへ行くはずが、ビリャベルデ山にたどり着いてしまったのだ。眼下に村が見えたが、そこは人民軍に制圧されていた。しかも前線に近いこともあって温和な人間でなく、気の荒い戦闘的な連中があのあたりを押さえていた。逃走して四日目、ヒースの茂みに身を隠していた彼らは、日が昇ると山のふもとにビリャベルデ村があることに気づいた。ただフランコ派が制圧しているのか、共和国の支配下にあるのかはわからなかった。

共和派の人間はむろんそのことを知っていた。彼らは最初の段階から村を占領すると、住民をアストゥリアス方面へ立ち退かせ、教会をはじめ家屋や建造物をすべて占拠した。そうしたことを話してくれた村人たちは事件のあった当時はそこで暮らしていなかったが、祖父や親兄弟から話を聞かされていた。近隣の村々でも事情は同じだったが、あの村でも出ていく前に住民が人民戦線派の人間が立てこもらないよう自分たちの手で火を放ち、しかもその前に教会から聖像を持ち出してピン代わりに並べてボウリングをするというような蛮行を働いた（その話を聞いて、真新しい石膏の聖像が四体しかなかった理由がのみ込めた）。村人が今もあの聖像破壊に対して憤りを覚えていることは肌で感じ取れた。彼らの話によると、村にいた民兵のひとりが逃亡者を見つけて仲間に伝えた。そこで逃亡者をはめてやろうと罠を仕掛けることにした。民兵たちは教会に身を潜めて鐘を鳴らすことにした。危険地帯では宗教的行為が禁じられているので、鐘の音を聞けば、逃亡者たちは前線を抜け出せたと勘違いするだろう。村に人影がなくても、きっとミサに出席しているのだろうと思い込むはずだと踏んだ。何カ月も鐘の音を耳にしていなかった逃亡者たちは、その音に元気づけられ、これで安全地帯にたどり着いたと胸を撫でおろしたことだろう。彼らは隠れていた場所から出て、山を下って村を目指した。村には人影ひとつなかった。逃亡者の中には、まさか民兵が目を光らせているとも知らずに泉で水を飲んだ者もいたにちがいない。人気がないのは住民がミサに出ているからだ、教会へ行けばきっと会えるだろうと思って教会に続く坂道を登りはじめた。教会内に入っていった彼らが目にしたのは銃口だった。ライフル銃で脅されて彼らは次々に中に入っていったが、最後尾にいた者が様子がおかしいことに気づいて後退しようとした。しかし、道のそばの塀の向こうに身を潜めていた二人の兵士によって阻まれた。

当時のことを話してくれた人たちの間で、そのあと起こった事件に関して論争、議論が持ち上がった。まるでその場に居合わせたかのように話す人もいれば(戦後長い時間が経ったというのに、村は事件の呪縛から逃れられずにいたのだ)、自分の確信していることを述べたてる人もいて、結着がつかなかった。中には、逃亡者の中に聖職者が数名交じっていることに気づいて、銃殺される前にお祈りを上げることが許されたんだと言う者もいたし、民兵は武器で脅して、あのような時間にあのような場所で銃殺するというのに、時と場所をわきまえず高笑いしながら彼らをからかっていたと話す人もいた。ぼくはどちらの話にも耳を貸さず、案内人がいたことと彼らのたどったルートから考えて、別の逃亡者があとを追ってきているかどうか尋問したのではないかとさりげなく訊いてみた。村人は一様に、彼らはとらえられるとすぐに銃殺されたと答えた。話の中で食い違っていたのはお祈りの件だけだった。

ぼくが話を聞いた村人たちはまだ議論を戦わせていた。村をあとにする前に、後ろを振り返ってあの土地の名前の由来になっている山の斜面の高台に造られ、今も崩れることなく建っている教会［スペイン語でクエルナは鹿などの角を意味しており、ここでは教会の塔を角に見立てて村の名前がつけられたということ］を眺めた。長い年月が経ったというのに今も生々しく残っていた銃弾の傷跡（どうしてあの穴を埋めなかったのだろう？）を思い返しながら、あわれな逃亡者たちが自分たちの命を奪おうとしているライフル銃を前にしてお祈りを上げるか、悪態をついている情景を思い浮かべた。あんなことになったのは、彼らがビリャベルデ村の鐘の音を耳にして、ああ、これで自由の身になれると思い込んだせいだった。

「ところで」村をあとにする前に、ぼくは教会の簡素な破風鐘楼の二つの穴のところに本来あるはずの鐘がないことに気がついて尋ねてみた。「鐘はどうなったんですか？」

「誰かが持ち去ったんだ」鐘楼の方を見ようともせず、村人のひとりが答えた。「村が無人になったあと冬を二回迎えたが、そのどちらかで持ち去られたんだよ」

暗闇の中の音楽

ラ・ベーガの盲人はかつて山間の村々をまわってアコーディオンを弾いていたが、鉱山で爆発した発破のせいで目が見えなくなった。それでも結婚して子供を三人もうけ、引越し先のサンタンデールで宝くじを売って子供たちを育て上げた。しかし事故のあと二度とアコーディオンを弾くことはなかった。発破の爆発で目が見えなくなっただけでなく、顔と両手に火傷を負った。そのせいで正確で力強い演奏を通して自分の心の中にある音楽を引き出せなくなったのだ。

知り合ったとき、彼はすでに高齢だった。夏になると身のまわりの世話をしてくれる妻とともにラ・ベーガに戻ってきて、二、三カ月滞在したが、おそらく若い頃のことを思い出していたにちがいない。といっても、わずか十八歳で失明したので、青春時代といってもごく短いものでしかなかった。

年こそ離れていたがぼくたちは親しく付き合うようになった。彼が町を散策する時は同行したが、狭い通りや道路もよく憶えていた（そうしたところを何度となく歩いたにちがいない）。ぼくの方は新聞や何冊かの本を読んで聞かせてやった。お返しに、目が不自由だったにもかかわらずとても上手だったドミノ遊び［牌を使ったゲーム］（目が見えないせいでかえって気持ちを集中させることができたのだろう）のやり方や世界を違った目で見る方法を教えてくれた。というのも、ラ・ベーガの盲人は、まだ目が見えていた頃の昔のことをすべて記憶していたのだ。

ラ・ベーガの盲人は長い間帰省することのなかったこの町の暮らしについて話してくれた。身体的障害のおかげで兵役を免除された戦時中のこと（何ごとにつけいいことはあるものです、と彼は皮肉まじりに言った）、それにこのあたりの町の人間が窮乏生活を強いられ、生き延びるのに必死だった頃のことを話してくれた。しかし、大半は愉快な話だった。目が見えなくなり、永遠の闇に閉ざされた時の話を含めてそのほとんどが愉快なものだったのは、おそらく闇の世界から自分を守るためだったのだろう。自分の不幸について語る時も、ユーモアを忘れることはなかった。

「お祭りに行った時のことはもう話しましたか？　行く時は、今あなたの手をつかんでいるようにほかの人の手につかまっていました。ところが、帰る時は日が暮れている上に、街灯がないものですから、ほかの人たちは一列になって私につかまって歩いたんですよ……」

アコーディオンを弾いていた頃のことも昔話の中に出てきたが、その時だけは表情が暗くなった。当時強いられていた辛く厳しい生活（ラ・ベーガの住民は誰もが鉱山で働いたあと家に戻ると、家畜の世話や畑仕事が待ち受けていて、それに追われていた）のせいでなく理由はほかにあった。というのも、アコーディオンを弾けるおかげで、夏はあちこちの村へ出かけて行って何日も家の外で眠ることができたのだ。その頃のことを思い返しながら、屋外で星空を眺めながら眠るというのがどんなに素晴らしいことか、と話してくれた。

「星がどんなだったか覚えておられますか？」興味が湧いて、ぼくはそう尋ねた。

「ああ、黄色く輝いていたね」

「木々のことも覚えておられます？」

「はっきりとね」と彼が答えた。

「雲はどうです？」

「よく覚えているよ……。季節にもよるがね……青、白、紫のこともあったな」

しかし戦争時代の話になると目の不自由な人用のメガネの奥の表情が曇るので、その話はしないようにした。メガネと、タバコ好きで手から離したことのないブライヤーのパイプ、この二つを見ればすぐに彼とわかった。体つきは頑健でがっしりしていたが、歳には勝てず衰えが目立ちはじめていた。亡くなる数年前の、最晩年の夏にはそれまで懸命に生きてきた彼もさすがに足元がおぼつかなくなっていた。考えてみれば、自分が生き延びるだけでなく、三人の子供まで育てなければならなかったが、今ではその子供たちが彼にとってこの上ない誇りになっていた。彼は身体に障害があったにもかかわらず三人の子供に教育をつけてやった。現在アメリカにいるひとりを含めてその子たちはそれぞれに仕事を持ち、世界で活躍している。

彼が亡くなる一年か二年前の夏のことだが、杖を突きながら町からゆっくり遠ざかっていく姿を見かけた。山間の町にしては珍しく暑い日だったので、住民はのんびり陽射しを楽しんでいた。ぼくは足音で勘づかれないよう少し距離をとってあとをつけた。鉱山に向かっているようだった。町から一キロほど離れた、ポプラの林の向こうに掘り返されて崖になっている土地があり、そこが閉山になった鉱山だった(ぼくが鉱山のあることを知った時にはすでに廃坑になっていた)。人が訪れることはめったになく、危険だというので子供たちの立ち入りが禁じられていた。バラックは撤去されていて、通りがかりの人の目に入るのは半ば崩れ落ちた空の洗鉱場の壁くらいのものだった。坑口は闇をたたえた巨大な目のように今もそこにあった。

盲人はその前で足を止めた。鉱山のあたりには雑草が生い茂っていたが、道に迷うことはなかった。ただ、方向を定めるのに苦労していた(何度か、もと来た道に引き返していた)。何かを確認する時にいつもするように、鉱山の前で足を止めるとしばらくの間そちらをじっと見つめていた。匂いで何かを感じ取る猟犬のようにそのままじっと動かなかった。目が見えないせいで、彼にしか聞こえない内なる音で何かを感じ取っていたのだろう。以前、ぼくにそうしたことを話してくれたことがあった。

気づかれてはいけないと思い、ぼくは道路から、その場に立ってじっと耳を澄ましている彼の姿を見つめた。何かを聞き取ろうとしているようだった。やがて彼が町へ戻りはじめたので、ぼくは先回りして足を向けるはずの教会の柱廊で待つことにした。彼はむせ返るように暑い夏の午後をやり過ごすためにトネリコの木陰に腰を下ろして、教会の前方に広がる沃野（ベーガ）（多分あの町の名前はそこからきているのだろう）を眺めるのが好きだったのだ。教会の前方、木立の向こうを目的地に向かって列車が通り過ぎていった。その音に耳を澄まし、音を聞き分けて時間を計っていた。人に尋ねなくても、昼食、あるいは夕食の時間に遅れることはなかった。

「鉱山へ何を見に行かれたんです？」と少し時間をおいてぼくは思い切って尋ねた。

「見たのかね？」と彼は驚いたように尋ねた。

「あとをつけたんです」ひょっとするとせっかく親しくなった関係がこれで壊れるのではないかと不安に思いつつ正直に打ち明けた。

少し考えて彼はこう答えた。

「まだ音がしているかどうか確かめに行ったんだ」とまるで秘密を明かすように言った。

それを聞いてぼくは戸惑いを覚えた。鉱山で今も響いている音とは何だろう？　閉山になって長い年月が経つというのに……。

何の音ですかと尋ねてみた。

「爆発音だよ」そう答えたあと彼は黙り込んだ。何の話かわかるだろうとでも言うように、それきり口を開かなかった。

以後、二度とその話が話題に上ることはなかった。あの夏はもちろん、（何度も夏を迎えたとして）それに続く夏も、自分が視力を失った坑道の入り口まで行って、今でも内部で発破の爆発音が響き続けているかどうか聞こうと鉱山に足を向ける姿を見かけることはなかった。一方、ぼくはあの事故に興味が湧いて何度かあそこに足を向けた。あのあたりの鉱山が閉鎖され、酪農事業の方も衰退していったせいで、住民は散り散りになっていて、とりわけ冬場にはほんの数人しかそこにおらず、ぼくは暇を持て余していた。今でも覚えているが、一度抗道の入り口から中に入ったことがある。ほかの山は抗道が垂直に掘られている立て坑なので、下に降りるときはエレベーターを使わなければならないが、そこは傾斜のある横抗になっていたのだ。どこまでも続くトンネルの暗闇の中で、何台かの古いトロッコと湿気でさび付いた工具がぼんやり見えていた。その中でぼくは彼の人生を一変させた（そしてあとの二人の作業員を吹き飛ばした）爆発音を聞こうと耳を澄ましたが、聞こえてくるのは壁面から水滴がトロッコと古い線路のレールの上にぽたぽた滴り落ちる音だけだった。真っ暗な穴の中で空耳でもいいから爆発音が聞こえないかと聞き耳を立てたが、何も聞こえてこなかった。

あのとき、盲人はぼくがあとをつけているとも知らずに坑道に足を向け、ぼくはぼくで彼が何を聞こうとしているのか想像もつかなかった。それから二、三年後に彼はアビレースで亡くなり、妻は彼を埋葬するために遺体を町まで運んできた。当然息子たちも埋葬に駆けつけた。彼らとはほとんど面識がなかったが、盲人から話は何度も聞かされていた。大勢の人が埋葬に駆け付けた。不幸な目に遭った老人に対する同情もあったのだろうが、それとは別に若い頃の彼はアコーディオン奏者として大変な人気を博していたのだ。近隣の人たちと同じように沈黙のうちに彼は埋葬され、そのあと故人にまつわるさまざまなエピソードを思い返しながら親族にお悔やみを述べて帰っていった。

あの午後、ラ・ベーガは冷え込んだ（二月だったせいかもしれない）。親族や近隣に住む人たちがいなくなると、そこはいつもの静けさを取り戻した。あっという間に日が暮れ、あとに残されたのは近所の人たちと通りをうろついている犬だけだった。理由はよくわからないが、奇妙な引力に引き寄せられるようにぼくは歩きはじめた。冬の寒さで葉を落としたポプラの木々に囲まれた廃坑に足を向けた。坑道の周辺では小鳥のさえずりも聞こえなかった。道具類、木々、瓦礫捨て場、何もかも廃墟のようで命の気配が感じ取れなかった。しかし坑道の中では壁から浸み出した水滴がトロッコと線路のレールの上に滴り落ちていた。さらに聞き慣れない低い音が闇の中から聞こえてきた。一瞬耳をそばだてたが、音の正体はわからなかった。抗口からだと、音が内部で反響するのを聞き分けることができなかった。思い切って何の音か確かめてみようと、足元がおぼつかなかったが坑道の中を数メートル進んだ。生涯暗闇の中で過ごした盲人と同じように、ついに音を聞き分けることができた。近づいていくと音の正体がはっきりしてきた。それはシャベルで土を掘るような乾いた爆発音だった。その奥から爆発音を包み込むようにして事故で亡くなった抗夫たちを悼んで誰かが弾いている古いアコーディオンの演奏が聞こえてきた。

夜の医者

郷土史への愛と情熱を抱いている若者たちのグループが、三年前から続けている会議が終わりに近づいていた。その町はテルエル県の山岳地帯に隣接する、クエンカ県の山間にあり、トゥリア川が県境になっているバレンシア県の飛び地アデムス村の近くにあった。会議のテーマはそれまでの二年間と同じマキス〔スペインの反フランコ共和国派のゲリラ〕に関するものだった。あの地域にマキスが入り込んできたことは重要な意味をもっており、彼らの残した足跡は近隣の住民の記憶に深く刻み付けられていた。その思想に共鳴するものもいるにはいたが、老人たちはマキスが侵入してきた時に味わった苦しみをいまだに忘れていなかった。治安警備隊の圧力、町や一軒家への襲撃、ゲリラ兵士の強請（ゆすり）と強奪、密告と弾圧、それらが何年にもわたってあの僻地に次々に苦痛と死をもたらした。むろん、中には英雄的な行為もあった。現実と神話、人々の記憶に残っている彼らの存在、文学的、学術的な歴史書の中に書き込まれた記述などを分析するためにパネル・ディスカッション、会議、討論会が開催され、専門家はもちろん、ぼくを含むすべての分野にわたる歴史愛好家が招かれた。その会議には生き延びた最後のゲリラ兵士も体験談を語るようにと招待されていたが、彼らが注目の的になっていたことは間違いない。

先の二回と同じように、今回の会議も聴衆を深い感動に包んでいた。クエンカ県の山間にあるその小さな町には組織だった団体もなければ、ホテルをはじめとするインフラも整備されていなかったが、マキスを取り上げた会議の最初の開催地ということで一躍その名が知れ渡った。若者たちのグループと町長（彼は小さなホテルを経営していて、今回の出会いの場を設けた主催側の中心人物だった）の熱意もあったが、一方で〈レバンテとアラゴン・ゲリラ組織（AGLA）〉の設立の場所がトゥリア川の岸辺にある水車小屋で、しかもゲリラ兵士たちが敗北の道を歩みはじめる場所からも近かったことが、あの会議が有名になった理由として挙げられる。ゲリラ兵士の終焉の地となったのは今や伝説になっているモレーノの丘で、そこでクエンカ、テルエル、バレンシアの三県から集められた五百人を超える治安警備隊員によって十二人のゲリラ兵士が追い詰められて死亡した。ぼくがその会議に出席したのは今回で二度目だが、二回とも会議にはぼくと同じようにゲリラ兵士について小説を書いた作家が含まれていた。町もそうだが、町民も親しみのもてる人たちだった。また、歴史家たちの長たらしくて、時に退屈きわまりない講演もぼくにとって不愉快ではなかった。ただ、彼らの講演は生き残りのゲリラ兵士が行った感動的で胸に迫るそれとは比べものにはならなかった。しかし生き残ったゲリラ兵士はすでに年老い、数も少なくなっていた。それでも政治的、あるいは個人的確執がまだくすぶっていて、誰かがその火を掻き立てると、しばしば激しく燃え上がった。英雄にまつわるものだろうが、卑劣漢にまつわるものだろうが、いったん火がつくと止めようがなかった。人間の歴史というのはそういうものなのだ。

とはいえ三回目の会議で思いがけない出来事があった。ゲリラ兵士が所有していた品々を収集している人が、会議期間中に展示するようにと貸与してくれたのだ。これといって驚くようなものはなかった。拳銃、銃弾、衣服、双眼鏡、写真、雑誌、宣伝ビラ、救急箱、内側に共産党の略号と標章の入った革財布といったものだった。大半はゲリラ兵士のキャンプ、主として戦闘のあとに治安警備隊がモレーノの丘で回収したものだった。あの時はゲリラ兵士が松の木の下で眠っているところを急襲されて、身の回りの品を隠す間もなく殺害された。

　拳銃と弾丸は写真やそのほかのゲリラ兵士の遺留品と同じですでに目にしたことがあり、展示品の中でぼくがもっとも惹かれたのは救急箱だった。それは革製で、保存状態がよかった。中のものはなくなっていたが、代わりに小さな紙きれに絆創膏、包帯、ペニシリン、小型注射器、鎮痛剤といった文字が書かれていた……。説明文を見ると、救急箱が発見されたのはキャンプ地モレーノの丘とのことだった。

　会議最終日のあの午後、主催者はわれわれ講演者の希望を聞き入れてツアーを組んでくれた。目的地まで行くのにランドローバーを飛ばして四時間近くかかった。かつてゲリラ兵士たちは足音を立てないよう用心して暗い夜道を進んだはずだが、いったい何時間かかったのだろう？　問題のモレーノの丘から戻ろうとした時にあの出来事があった。サンタ・クルスにつくと、楽団が演奏してわれわれを迎えてくれた。展示場になっている場所で歓迎会を開いてくれたのだ。ぼくは展示品を見ながら、それらがゲリラ兵士の死体が転がっている松の根元に散乱しているところを思い浮かべた。その時、ひとりの女性が現れて、ぼくに同行していた若者（主催者のひとりだった）の名を呼んだ。婦人は不安そうに小さな声であとについてくるように言ったので、われわれはその言葉に従った。人々はパソドブレ風にアレンジした共和国時代の歌をリハーサルしていた楽団の演奏に合わせて踊っていた。通りに出ると、同行者の親族にあたるその女性が、実は母がぜひあなたにお会いしたいと申しているんですと言った。

　老婦人は九十歳くらいだった。自宅の台所に腰を下ろして繕い物、あるいはちょっとした家事をしながら（娘さんは、《母はまだ身の回りのことは自分でできるんですよ》と誇らし気に言った）、ニュースを聞こうとラジオをそばに置いていた。長い人生経験を積んできた人ならではの穏やかな表情でわれわれを迎えてくれた。だけど、今は不安がっているんです、と娘さんがわれわれに打ち明けた。老婦人はあの日すっかり感激し、ぼくの同行者にその理由を話したいと思った。そこで、娘さん（彼女も不安を覚えていた）に彼を捜して連れてくるように頼んだのだ。理由は何だったのだろう。

ぼくたち（といってもぼくはあの二人と面識はなかった。ただ、同行者は家が近くてしかも親戚でもあったので、顔見知りだった）は二人を取り囲むようにして椅子に腰をかけた。それまで老婦人と娘さんは、マキスに関する会議が開かれているあの会場に足を踏み入れたことがなかった。というのも彼女たち、とりわけあの頃すでに大人になっていた老婦人は、いまだにゲリラ兵士の名前を出すことに不安を覚えていた。しかし近所の人たちがしきりに展示品の話をするので、どうしても見たくなり思い切って足を運ぶことにしたのだ。あのあたりで治安警備隊員とファラン〈党員を相手に何年も戦いつづけた男たちの所持品を自分の目で見たいという誘惑に勝てなかった。以来、彼らのことは内々のひそひそ話ではあったがよく話題に上った。老婦人は記憶に刻み付けられた恐怖心と知り合いから何を言われるかしれないという気持ちはあったが、あそこを訪れてみたいという思いの方が勝った。特にゲリラ兵士を人殺しの犯罪者だと決めつけ、今回の記念事業に対して冷ややかな目を向けている右翼の連中に何と言われるかと心配だったのだ。

ふたたびその話をしながら、老婦人は恐怖のせいで何度も口ごもった。たぶんここ何十年もゲリラ兵士と彼らにまつわる出来事を話す時はそんな風になったのだろう。彼女がひどく動揺していること、またその話をはじめたとたんに声が小さくなることからそのことがうかがえた。しかし今回の話は、彼女自身にかかわることだった。彼女が主人公だという意味では、もっとも個人的な話だといっていい。というか、むしろ主人公は彼女と娘、それに顔は決して忘れることはないが、ついに名前を聞きそびれてしまった若い男性だった。

母親――その話をしてくれたのは母親の方だった（娘さんははじめて話を聞くようにわれわれ同様じっと耳を澄ましていた）――は当時夫とあの場にいた娘、それに三人の息子たちと一緒に町から離れた山間の農家で暮らしていた。ただ現在、母娘は町で暮らしている。夫は間もなく亡くなり、その後息子たちは町を出て行った。残ったのはいちばん下の娘だけだった。当時ゲリラ兵士が出没していたので、あの地区の農家の人たちは全員強制的に町に移住させられた。自ら志願したにせよ、無理やり徴兵されたにせよ、ゲリラ兵士たちが農家に身を潜めたり、助けを求めたりすることがあるとわかっていたので、治安警備隊は彼らを追い払うためにそういう措置を取ったのだ。

あの頃は誰もが辛く厳しい生活を送っていたのですが――と老婦人は話しはじめた――、町から遠く離れた山間の一軒家となると生活はいっそう耐え難いものでした。何しろ一番近い町（今、われわれのいる町がそれだった）へ行くのに歩いて三時間もかかるんです。だからといって町の人たちが楽な暮らしをしていたわけではありません。車はもちろん、整備された道路もないので、町の人たちも小作農や山住みの人間と同じように辛く厳しい生活を強いられ、爪に火を点すようにして何とか生き延びていたのです。たとえば女性が家で子供を産んだ場合、子供たちは神の御心と自身の逞しさだけを頼りに生き抜いていくしかなかったのです。

私も子供を五人授かりましたがひとりは生後すぐに亡くなりました、と老婦人は言った。ですが一番下の娘（その娘が当時のことを今でも覚えています、といった表情を浮かべてわれわれを見つめていた）は偶然の助けで奇跡的に生き延びることができたのです。生後二、三日目で奇妙な熱病にかかり、手の施しようのないまま少しずつ弱っていきました。薬はもちろん、診て下さるお医者さんもいない中、その子に死が迫ってきました。

しかしある夜、家族全員が末娘の容態を見守っていると（その間に布を濡らして額に載せてもすぐに乾いてしまうので、母親は何度となく取り換えていた）、訪問客があった。いつもと変わりない凍てつくように寒い冬の夜だった。父親が恐る恐るドアを開けると、目の前に武装し、目出し帽で顔をすっぽり覆った三人の男が立っていた。ゲリラ兵士だった。寒さのあまり死にそうになっていた彼らは、中で少し身体を温めさせてもらえないだろうかと言った。父親は断るわけにもいかず、中に入るように言った。

彼らがあの家に姿を現したのはそれがはじめてだった。近くにいることは知っていたし、遠くの山の中を歩いている姿を見かけたこともあった（十二人から十四人ほどいた）。しかし、ほかの小作人と違ってそれまでにひどい目にあわされたり、食べ物を要求されたりしたことはなかった。マキスを間近に見たのははじめてだったが、想像していたような男たちではなかった。ひどく若いということもあるが（目出し帽を取ったので、はじめて顔を見ることができたのだ）、ゲリラ兵士たちは、みんなが言うように血も涙もないようには見えなかった。それどころか、彼らは終始礼儀正しく振る舞い、グループのリーダーと思われる男などは病気の女の子を診察し、立ち去る前に解熱剤を母親に渡した。ほかの薬と一緒に入れてあった解熱剤を戦闘服のポケットから取り出して、母親に渡したのだ。

ゲリラ兵士たちは食糧を要求することもなく早々に立ち去り、驚きから覚めた家族の者は何よりも気がかりな赤児の容態を見ることにした。解熱剤はすぐに効きはじめたが、衰弱していて元気がなく、翌朝まで持つかどうかわからなかった。

幸い明け方まで持った。前日と同じように、不気味な予兆に満ちた、凍てつくように寒い夜がふたたび訪れてきた。雪が降り、強風が吹きつけた。

そのせいか、それとも娘のことを心配していたせいかはわからないが、家族のものはドアをノックする音にしばらく気づかなかった。父親はその音を聞き留めたが、本当にノックの音だろうか、舞い戻って来たゲリラ兵士がノックしているのか、それともゲリラ兵士をつかまえようとあのあたりにやってきた警備隊員が、小作人を驚かそうとしてドアをノックしているのか判断がつかなかった。

ドアをノックしたのは、先に解熱剤をくれた男だった。目出し帽をかぶってひとりでやってきたが、父親は真っ暗な中、一目で見抜いた。驚きはしたけれども、なぜまたひとりでやってきたのかわからないままドアを開けた。

ゲリラ兵士は子供たちに顔を見られないように（どちらにとってもその方がよかったのだ）、父親が寝かしつけるのを待った。そのあと、衰弱している女の子の部屋にのぼっていった。そこで革の救急箱を開き、注射器と何種類かの粉末の入った小瓶を取り出して注射をしたが、そのせいで女の子は泣き声を上げた。そのあと、器具をしまい夜の闇の中に姿を消した。立ち去る前に、身じろぎひとつせず黙ったまま様子を眺めている両親に、水を十分与えるよう指示するのを忘れなかった。

二日後の夜に男はふたたび戻ってきた。前回と同じ処置を施し、その後も何度かやってきた。女の子は無事回復した。熱に打ち勝ち、病気に打ち勝った。両親は最後まで病名を知ることはなかった。男は二度と顔を見せなかったので、薬の入った革の救急箱を持ってやってきた男の名前を知ることはできなかった。家族の間では、彼のことをいつも夜の医者と呼んでいた。ただ当時は恐怖の支配する時代だったので、子供たちにはあの医者のことは話さなかった。一家がゲリラ兵士を助けているのではないかと疑われて（実を言うとこれは半ば本当だった。というのも、彼らはたいてい食べる物にも事欠いていたのだ）、警官がしょっちゅう家にやってくるようになった。当局はついにほかの多くの農家と同じように、彼らを無理やり立ち退かせた。それまでに父親は子供たちの目の前で棍棒で殴られたり、銃殺刑にするぞと脅されたりした。

「どうして」と彼女が言った。「私たちがあの話を誰にもしなかったか、おわかりいただけると思います」

「だけど娘さんには……」母親の告白を最初から黙って聞いていた同行者が彼女の方を指さしながら言った。

母親も黙りこくっていた。秘密を打ち明けて気持ちが楽になったようだが、深い感動を覚えてもいた。町役場でゲリラ兵士の持ち物が展示されていましたが、と彼女はわれわれに向かって語り掛けた。その中に娘を死の淵から救い出してくださったあのお医者様が、夜間診療の際につねに携行しておられた革の救急箱があったんです。あの方はそのケースから薬を取り出して娘に注射をしてくださいました。モレーノの丘の名を一躍有名にした待ち伏せでお医者様は命を落とされたのですが、あの事件のことはサンタ・クルスのお年寄りなら誰もがはっきり覚えています。銃声が一晩中鳴り響き、次の日の明け方、馬やロバの背に横ざまに載せられたマキスの死体（中にはまるでトロフィーのように脳や内臓が身体からぶら下がっているものもありました）が、道の両側に居並ぶ治安警備隊の前を通り過ぎて行きました。その中に娘を死の淵から救い出してくださったというのに、火のそばで少し暖を取らせていただくだけでいいんですと言って、それ以上何も求められなかったあの医師も含まれているとは夢にも思いませんでした、と母親は語った。

「きっと神さまのご加護があったことでしょう！」女性はそう言って打ち明け話を終えると、目を閉じた。

プリモウト村には誰ひとり戻ってこない

われわれ二人は徒歩で先を急いだ。同行者は馬の手綱を引き、ぼくはその横で山々に見とれながら黙々と歩いていた。この九カ月間、あの山岳地帯はぼくの人生を彩ると同時に苦悩の舞台でもあった。素晴らしい舞台ではあったが、同時にぼくの心を憂愁と恐怖で満たした。

プリモウト村はヒストレード山脈の中にひっそり身を潜めている。正規の教員が当時はありふれた病気だった結核にかかったので、ぼくがそこの学校で代理教員として九カ月間教鞭をとることになった。あのあたりにはオマーニャとビリャベルデという二つの深い谷があり、水源のあるアストゥリアス地方からシル川が流れ込んでいる。川に沿って狭い山道が走り、それが東西に広がって目を見張るような山並みを形成している。その川はやがてビエルソの肥沃な盆地に流れ込むのだが、道沿いのあちこちに鉱山や屑鉱の廃棄場、大勢の人でにぎわっている集落があり、川の色までが石炭色に染まっていた。ヒストレード山脈の起伏にとんだ峻険な山間部には、小さな村や集落が息を潜め、人が容易に近づけない土地に身を隠している。プリモウト村もそのひとつだった。そのあたりでは自然が全く手つかずのまま残されていて、森へ行けば今でもヨーロッパオオライチョウが鳴き、土地の人たちに崇拝されている伝説的な生き物のヒグマが野生の果実を食べていた。ぼくはついにその二つの生き物に出会えなかったが、彼らがこの世界のはじまりから、すなわち人間がこの地へやってくる以前から暮らしていたことを知っている。

ぼくの同行者（この人の家は集落で一番大きかったので、われわれ教員は全員そこで寝泊まりさせてもらっていた。つまり、それまでの九カ月間ずっと一緒に暮らしてきたので、その点でも同行者であった）は山の辛く厳しい暮らしに鍛え上げられたプリモウト村のほかの住人と同じように小柄で口数が少なく、四十歳くらいと思われるが、実際よりも老けて見えた。ぼくと一緒に学校に通っていた彼の子供たちは畑仕事、とりわけ放課後に家畜の世話を手伝っていた。彼は一日中懸命に働いたが、暮らしは一向に楽にならなかった。土地は痩せていたし、気候も悪く、多くの収穫は望めなかった。冬がいつ終わるともなく続き、畑は何日も何日も雪に埋もれていた。夏は短く、収穫を済ませた後、もう一度畑を耕すことはできなかった。

村には電気も水道も来ていなかったし、住居も何世紀も前からほとんど変わっていなかった。屋根はたいてい藁葺きか、山から切り取ってきたエニシダで葺かれていたし、多くの家は間仕切り板一枚で人間と家畜が同居していた。生活は厳しく、村全体が貧しい暮らしを強いられていた。ほかの村から孤絶しているせいで、同族結婚をせざるを得ず、そのせいで村人の多くに弊害が生じていた。記憶にあるだけでも、知的障害者やろうあ者、虚弱体質の人、さらには小人症の人までいた。加えて衛生状態が極めて悪く、口にできるのは肉と豆類だけという偏った食生活のせいでヨウ素不足になり、多くの人が甲状腺腫に悩まされていた。そのせいで、村はまるである種の隔離病舎のようになっていた。

馬が脚を止めて休息をとっている間（道は渓谷に向かって下り坂になっていたが、ところどころに障害物や川に阻まれて進めない箇所があり、そういうところにさしかかると一息入れた）、ぼくの同行者はあたりの風景を眺めていた。おそらく彼はあの村で誰よりも頭がよかったはずだが、だからといってほかの人たちよりもいい暮らしをしていたわけではない。アフリカで兵役についていた二十四カ月間（当時のことはアイウン［現地名ラユーン、旧スペイン領サハラの首都で、現在はモロッコの実効支配下にある］の思い出を別にすれば、片方の腕に残された、いかにも向こう見ずな男という感じのする刺青だけだった）をのぞいて、大半の村人と同じようにプリモウト村から外に出たことはなかった。彼は生まれつき村人の誰よりも頭がよかったせいで村長に推された。ただ、人里離れたあのような村でそういう仕事につくと、事情があって薪を手に入れることのできない人がいれば、届けてやらなければならないし、村の置かれた状況や道路整備が進んでいないせいで、毎年プリモウト村の学校で教鞭をとるよう指名されて入れ替わる先生方をパラモ・デル・シルまで送迎しなければならなかった。

ぼくがそこで過ごした期間は物悲しくて、永遠に終わりがこないような気がしたが、いざ終わってみると、あっという間の出来事だったように思える。その間、口数の少ないローケとぼくはいろいろな話をした（ぼくはほかの村人とはあまり口をきかなかったが、彼は例外だった）。とりわけ夜になって子供たちが眠りにつき、奥さんとあの家に同居している彼女の両親が夜なべ仕事をしている時がそうだった。二人で囲炉裏のそばに腰を下ろし、タバコを吸いながらいろいろな話をした。その時の会話を通してぼくは、近隣の村と同じようにあまり知られることのない村の歴史や、それまでに学校で教鞭をとった何人かの先生にまつわる話を聞かせてもらった。遠い土地からやってきた先生の大半とは、その後連絡がまったく途絶えた。つまりそのことはあの村で生活し、生徒たちを教えた先生方がプリモウト村に嫌悪感を抱いていたことを物語っている。

今回、ぼくが村を去ることになったが、いやな思い出など何ひとつなかった。それどころか九カ月間自分の世界として生きてきたあの村から遠ざかっていくにつれて、自分の故郷が失われていくような深い悲しみを覚えた。今頃になって、かけがえのない人たちのもとを去っていくのだという思いが襲ってきた。ある意味で確かにその通りだった。とりわけあの子供たち、誰にもかまってもらえず、泥まみれになって登校してくる子供たち、毎朝授業がはじまる前に水浴びさせてやった子供たちのことを考えると、そういう気持ちに襲われた。あの子たちには、前日学校を閉鎖する前に別れを告げたばかりだった。次は誰があの子たちの授業を担当するのだろう、どんな先生が来るのだろう？　ぼくのように深い愛情を注ぐだろうか、それともほかの多くの先生のように、村をあとにしたとたんに子供たちの名前も忘れてしまうのだろうか？

ぼくも教え子の名前を忘れてしまったが、彼らの顔や身体つきは記憶に残っている。その後、マドリッドで中央官庁につとめ、アメリカのアルバカーキ［アメリカ合衆国ニューメキシコ州の商工業都市］にある大学で教鞭をとり、そこであの村の子供たちよりもずっと年長の生徒たちを教えた。その間も、長年あの子たちのことを忘れたことはなかった。しかし、ぼくがアメリカで教えていたのは、思春期になれば卒業して父親と同じ道を歩むことになるはずのあの子たちよりもずっと年上で、運にも恵まれている若者だった。あの子たちは村で毎日働き詰めに働いて一生を終えるのだろうと空想したが、実を言うと自分の上を長い時間が通り過ぎて行ったというのに、あの村ではずっと時間が静止したままだと思い込んでいた。あの朝、ローケと一緒にパラモ・デル・シルを目指して山道を下っていったが、プリモウト村を文明世界と結びつける道の終わるところに家々の屋根が見えた。あれから五十年の年月が経って、ようやくぼくは自分の過ちに思い当たった。

五十年後、テレビ局でぼくの人生の足跡をたどった番組が制作されることになり、撮影スタッフと共にふたたびあの地を訪れた。当時ぼくは自分の書いた詩のおかげで一躍有名になり、それまでの人生で大きな意味を持つ土地を訪れることになった。まず、ぼくの生地であり、内戦とそこから生じた難しい状況の中で幼年時代を送ったオビエド、ぼくがものを書きはじめ、いちばん長く暮らした自分の町だと考えているマドリッド、そしてスペイン内戦後の暗く耐えがたい雰囲気が息苦しくなり、そこから逃げ出して以後三十年を過ごしたニューメキシコ州のアルバカーキ（この町の大学でぼくは三十年間教鞭をとったのだ）。プリモウト村にはそれほど長く滞在したわけではないし、あれ以後一度も訪れていない。にもかかわらずあの番組で取り上げることにしたのだが、記憶から完全に消えてしまったと思っていたあの村を取り上げることになったので、自分でもびっくりしている。

あの村をふたたび訪れて、予想していた以上に大きな衝撃を受けた。かつての道（あの日ぼくがロークと一緒に下った山の斜面につけられた曲がりくねった馬の通る道）の代わりに新しくつけられた高速道路をランドローバーで走り抜けると、渓谷の奥にあの村が見えたが、とたんに心が騒ぎ、すでに亡くなっている人と再会するような不安な思いに襲われた。川沿いに茂る植物が長年打ち捨てられてきた村を覆い尽くし、それが家屋の一部になっていた。廃墟と化した家々を見て、それまでに感じたことのない衝撃を受けた。それなのに、同行していた人たちはぼくの思いなど気に掛ける様子もなく、アルバカーキやマドリッドでカメラを回した時のように振る舞ってほしいとせっついてきた。その声とあまり礼儀正しいとは言えない態度のせいで、あの瞬間に感じた魔法が一瞬にして消えてしまった。彼らにとってそこは、それまでに目にしてきた土地のひとつでしかなかったのだろう。

ぼくは先頭に立って家の建ち並ぶ村の中に入っていったが、どこもかしこも打ち捨てられたままで荒廃が進んでいるのに衝撃を受けた。家々は半ば倒壊し、梁も折れていたので、昔のことは鮮明に覚えていたが、どれが誰の家なのか見分けがつかなくなっていた。ひとりも残っていない村人に関してもその点は同じだった。パラモに着いた時に聞かされた話、それに、以前ぼくのところにある人が送りつけてきた情報のおかげで知ることのできた実情、この二つを通して、プリモウト村は二十年前に廃村になり、その後自然と共生して新しい人生を歩みたいと考える何組かの若者たちのグループが次々にやってきたが、地主とトラブルを引き起こして、村を再生させるどころか結果的にいっそう荒廃させた。ガソリンの缶やさび付いた廃車、あらゆる種類のプラスティックの容器など、彼らが住んでいた痕跡が今もそのまま放置されている。本来なら汚れない状態で保たれるはずの廃墟としての美しさが、現代的な塵芥のせいで台無しになってしまい、ヒッピーのキャンプ場とも戦闘の舞台になった土地ともつかない無惨な状態になっていた。

プリモウト村を目にしてぼくは大きな衝撃を受けたが、それを言葉にすることができなかった（村に対する敬意と感激があまりにも大きかったのだ）。そのあと四時間にわたって当てもなくあたりを歩き回ったが、それが台本代わりになってカメラは回り続けた。いつもならあれこれうるさく指示を出すプロデューサーもなぜかほとんど口をはさまなかった。ぼくを追っているカメラに張りついたり、時にはひどく近いところから、また時には遠く離れたところから様子を見たりしていた。ほかの人たちと同じように黙りこくっていたが、古い村の骨格、というよりむしろ墓地のような感じのするあの廃墟を見て縮み上がっていたのだろう。一方、村の中をさ迷い歩いているぼくの方は、亡霊さながらの姿をしていたにちがいない。のちにぼくの友人が、自分の指揮した軍隊が敗北し、その戦場となった土地に戻って来た将軍のようだったと言ったが、そうとも言えるかもしれない。

ぼくは現在牛小屋になっている教会や八カ月間教鞭をとっていた学校（そこの窓ガラスは一枚も

残っていなかったが、建物としてはもっともよく保存されていた）やそれにどうにか倒れずに建っている家の中にも入ってみた。といっても長年打ち捨てられていた上に、風と湿気に痛めつけられ、さらにその後やってきた不法占拠者たちによって薪として燃やされてしまったために、大半の家は倒壊していた。わずかしか残っていないそうした家々も長い年月の間にすっかり荒れ果てて、昔の面影をとどめていなかった。前に立っても誰の家なのか見当もつかなかったし、――ぼくにとっては――かつてそこに住んでいた人たちを思い出すことさえできなかった。そんな中、かつてプリモウト村で自分が暮らしていた家をやっと見つけ出した。家はまだ建ってはいたが、近くの川から侵食してきた植物に呑み込まれてしまい、茂みのひとつにしか見えなくなっていた。

村から立ち去る前に（カメラはすでに何時間もぼくを撮影していた）、その家の前に立った。その時ふと、以前ローケと二人でプリモウト村からパラモ・デル・シルまでの十二キロの道を歩いた日のことを思い出した。彼はぼくの身の回りの品が入ったスーツケースを馬の背に載せて運んでくれた。その間、ぼくはあの九カ月のあいだ、自分の世界そのものだった山々をうっとり眺めた。ぼくを家へ連れ帰ってくれるバスを広い道路で待っている時に、われわれは別れの挨拶を交わした。ローケはスーツケースを手渡した後、ぼくに別れを告げた。ぼくは悲しくて仕方なかった。それを気取られまいとして、いつか必ずここに戻ってくるよ、と約束した。

「いや、ドン・アンヘル、ここに戻ってこられることはありませんよ」足を止めて彼はそう言った。そのあと、村に戻りはじめた馬の手綱を引きながら付け加えた。「プリモウト村には誰ひとり戻ってこないんです」

明日という日（寓話）

ぼくの両親は、明日という日を考えて一生を送った。明日という日のことを考えておくんだ、明日という日に備えて蓄えをしておくんだ、とよく言ったものだった。しかし、明日という日はやってこなかった。何カ月も、何年も過ぎていったが、明日という日はやってこなかった。

実を言うと、今はもうぼくの両親は亡くなってこの世にいないし、明日という日はまだやってきていない。

III　水の価値

水の価値

「水を粗末にしてはいかん、蛇口は閉めておきなさい」

フリオが水道の蛇口を開いたままにしておくと、祖父が決まって口にするその言葉が耳に飛び込んできた。《水を粗末にしてはいかん、蛇口は閉めておきなさい》、あるいは《水は大切だから、蛇口は閉めておくんだ》。それを聞くと、祖父は水のことしか考えていないように思われた。

しかし、実を言うと祖父はいろいろなことを考えていたはずなのだ。客間の肘掛椅子、あるいは公園のベンチに腰を掛けて何時間もの思いにふけっていた。ほかの人とはあまりしゃべらなかったし、家ではいっそう口数が少なかった。話を聞いてくれるのは孫くらいのもので、それも大きくなるまでのことだった。

かなりの高齢だったが、目は明るく澄み、眼差しは知的で生き生きしていた。しかし歩くときは袋を背負っているように前かがみになり、足元がおぼつかなかった。年齢が重くのしかかっていたのだ。祖父の話では、フリオくらいの年齢から農場で両親の手助けをし、羊飼いに弁当を届けるために毎日山を登っていき、その後も長年にわたって働きづめに働いたという。すでに大人になっている兄から聞いた話だと、祖父は、十八歳になるまで働くのがどういうことか知らない今の子供たちとは比べようがない、と言ったとのことである。

祖父は幼いころから働くとはどういうことかを学んだ。最初は生まれた土地で家畜の世話と畑仕事をして働くことを覚え、その後町に出ていくつかの仕事をした。たまたま市役所で働いていた親戚の人の口利きでその守衛の仕事に就いたが、その仕事がいちばん長く続き、三十年勤め上げて退職した。以後、祖父は椅子に腰を掛けるか、公園を散歩して過ごすのが日課になった。

フリオが物心ついたころ、祖母を失くしていた祖父はすでにここで家族と暮らしていた。自分の部屋もちゃんとあった。確かに一番狭い部屋ではあったが、寝る時しか使わないので本人にとっては広すぎるくらいだった。一日の大半を客間でテレビを見たり、物思いにふけったりして過ごしていた。時々フリオの母親のためにちょっとした用事をしたり、彼女が外出するときはフリオの面倒を見たりしたが、たいていは新聞に目を通すか、テレビを見ているだけで何もしなかった。そんな祖父を見て、フリオは〈退屈だろうな〉と思った。

誰も祖父を構いつけないのが一番の問題だった。両親はいつも忙しくしていたし、彼の兄弟は学校から戻ると、テレビを見るかパソコンでゲームをして時間を潰すだけで、口をきくこともなかった。祖父が学校まで迎えに来てくれた時、フリオはその日何があったか話し、祖父の語る話に耳を傾けたが、そんなことをするのは彼だけだった。祖父の話はほとんどすべて村で暮らしていた頃のもので、町での暮らしが話題にのぼることはほとんどなかった。

一番よく話題にのぼったのは村を出た頃の話である。その話をすると記憶がよみがえってくるのか、急に表情が暗くなった。祖父が暮らしていたのは山間の小さいけれどもきれいな村だった。しかし、似たような三つの村と共にダム湖の底に沈み、地図の上から姿を消すことになり、祖父もそのあたりに住むほかの人たちと同じように家を捨てざるを得なくなった。ある年のクリスマスの日に身の回りのものすべてをまとめて村を出たが、その時には水が一番下の家々にまで押し寄せていた。家が水没する前に売り払った牛たちはトラックに積み込まれてどこかに運ばれた。

村で最後の夜を迎えたわずかばかりの住民は、一軒の家に集まって夕食会を開いた。ちょうどクリスマス・イブで、あたりは一面雪に覆われていた。祖父の話によると、村は奇妙な静けさに包まれていたらしい。雪に加えて村にひたひたと迫ってくるダム湖の水音、そこに閉め切られている家々の不気味な反響が付け加わった。祖父と村人たちは黙々と(この話が出ると祖父は決まって、まるでお通夜のようだったと言った)夕食をとった。そのうち強い酒がまわってきたのと東の空が白みはじめたせいで、村人たちはてんでにしゃべりはじめた。間もなく別れ別れになり、もう二度と顔を合わせることはないだろうという思いにとらえられ、誰もが胸襟を開いて自分の不安や秘密を語りはじめた。それまで長年同じ村で暮らしてきた中で、お互いのことがいちばんよく理解できたのはあの夜だった、と祖父は言った。

祖父の話はまだ続いた。夜が明けたのに誰も眠っていないことにみんながびっくりした。あの朝、祖父が家財道具をそっくりトラックに積み込むと、家族全員がそれに乗り込んで近くの村に向かった。そこからひょっとすると幸運の女神が微笑んでくれるかもしれないと考えて主都に出た(向こうでは懸命に探しまわったものの、羊飼いの仕事くらいしか見つからなかったのだ)。そして結局、そこでずっと暮らすことになった。祖母は主都についてしばらくするとまだ若かったのにあの世へ旅立ったが、気鬱と悲しさに耐えきれなかったのだろう、と祖父は言っていた。

祖父の話はとても悲しいものだったが、自分とは関係ないと思ってフリオは聞き流していた。当時の彼にはどこまでが現実で、どこからが空想なのか理解できず、祖父があのような話をするのは自分が面倒を見ている間、気を紛らしてやろうと思ってのことで、そこに祖父が出てくるのは、話を面白くするためにちがいないと考えていた。だから兄弟たちが、ああいう話を聞かされるとうんざりするよなというのを聞いても怪訝に思わなかった——何年かしてフリオ自身もそう思うようになった。つまり、いつの間にか彼自身もほかの兄弟たちと同じ思いを抱くようになっていたのだ。

祖父が老人ホームに入れられたのは、フリオが十歳頃のある日のことだった。歩行がままならなかった上に物忘れもひどくなり、片時も目を離せなくなって家族のお荷物になりはじめたのだ。そこで祖父の一家の末っ子だったフリオの父親（兄たちがちっとも面倒を見てくれないと陰でこぼしていた）が、兄弟全員の合意を取り付けて祖父を老人ホームに入れることにした。最初の内、家族のものは毎週日曜日に会いに行っていたが、そのうちホームが遠すぎる上に、行っても自分たちの顔を見分けられなくなっていると言い出してホームから足が遠のきはじめ、二カ月か三カ月に一度顔を出すだけになった。祖父はもう人の顔が見分けられなくなっているから、家族のものは行かなくても同じじゃないかとこぼすようになった。まるで認知症にかかってしまったかのようだった。けれども、ある日いつものように老人ホームに見舞いに行った時にフリオは（両親と兄弟たちが医療センターにあるカフェテリアに降りて行ったので）祖父と二人きりになった。すると、祖父は彼の名を呼び、いつも腰を掛けている椅子から立ち上がりたいので手を貸してくれと身振りを交えて伝えた。フリオは驚いて祖父のそばに行った（最近では祖父が話すのを聞いたことがなかった）。そして、身の回りの品がしまってあるロッカーのそばまで付き添っていった。祖父はロッカーの扉を開いてスーツケースの中をかき回した。間もなくスリッパの入っていた古い箱を見つけ出した。そこに貼られたラベルには、祖父の生まれた土地の名前が書かれてあった。祖父はこの箱と共にどれほどの年月を生きてきたのだろう？

箱のことは祖父が亡くなるまで決して両親に言わないと約束し、フリオはその約束を守った。まるであの日曜日が来るのを予見していたかのように、祖父はその数カ月後に息を引き取った。生涯光の射さない暮らしをしてきた祖父は、長年大切に心の奥に秘めていた秘密を一番年下の孫に伝えることで、一筋の光明を見出したのだろう。ほかの人なら若い頃の写真や手紙をしまっておくように、祖父はスリッパを入れるあの箱にこっそり土くれをしまっていた。そうすることでフリオに水の大切さを教えようとしたのだ。祖父があの箱に生まれ故郷の土を長年の間大切にしまい込んでいたのは、自分があの世へ旅立った時にそれをお墓の上に撒いてほしかったからだ。村がダム湖の底に沈むまで祖母と幸せに暮らしていた、その思い出の詰まった土を。

訳者あとがき

この作品の著者フリオ・リャマサーレスは、一九五五年、スペイン北部のカスティーリャ・イ・レオン州のベガミアンという山間部の田舎町で生まれた。父親が小学校の先生をしていた関係で転勤が多く、少年時代の彼は北部の町や村を転々とした。ここに収められているいくつかの短篇で、スペインの山間部で逆境に耐えながらひたむきに生きる人々の姿が描かれているのは、そうした体験と深く結びついているからにちがいない。

その後、彼は首都にあるマドリッド大学の法学部に進み、卒業したあと一時弁護士の仕事に就くが、性に合わなかったのか、しばらくしてジャーナリストとして働きはじめる。ここに収められている作品の中に、ジャーナリズム関係の仕事をしている人物が登場するものがいくつかあるのは、自身の体験が織り込まれているからだろう。この頃から詩を書きはじめ、一九八二年に詩集『雪の思い出』を発表し、スペインの重要な文学賞のひとつホルヘ・ギリェン賞を受賞して、詩人としての才能を開花させた。しかしその後、詩を通して伝えようとしているものは、散文でも伝えられるはずだと考えて、小説、短篇、紀行文、エッセイなどを書きはじめる。

ジャーナリストになったばかりの頃に書いたのが『ヘナリンの埋葬』（一九八一）という中篇小説だが、ブラック・ユーモアをたたえたこの作品はさほど注目されなかった。

彼が作家として評価されるようになるのは、小説『狼たちの月』（一九八五）によってである。スペインでは、一九三一年に第二共和政がはじまるが、政権内部での対立がもとで政治的混乱がつづき、国内のバスク、アストゥリアス、レオンといった北部地方を中心に労働者が決起して、大規模なゼネストを打つ。それを収束させるために、共和国政府はフランコ将軍をはじめとする軍部の力を借りて鎮圧に乗り出す。その時の凄まじい様子について、斉藤孝は次のように書いている。「アストゥリアス・コンミューンの弾圧は、実に血なまぐさく、大規模に行なわれた。老若男女、社会党員も、アナーキストも、「赤」と目されたものは機関銃でなぎ倒され、死体は山をなして積みかさねられ、ガソリンで焼き捨てられた」（『スペイン戦争―ファシズムと人民戦線』中公新書）

その後、共和国政府の内部分裂に乗じて、一九三六年、フランコ将軍とモラ将軍に率いられた軍部が反乱を起こすが、彼らは一方でドイツのヒトラー、イタリアのムッソリーニと手を結ぶ。窮地に陥った共和国政府はソビエトに援助を求め、結果的にスペイン国内は代理戦争の様相を呈し、混迷の度合いはますます深まった。フランコ将軍はそこに付けこみ、戦闘的な労働者が数多くいて、たびたびゼネストを打つバスク、アストゥリアス、レオンといった地方を標的にして軍隊を送り込み、容赦ない攻撃を加えて、一九三七年に労働者を中心に編制された北部戦線を壊滅させた。

『狼たちの月』は、北部戦線に加わっていた三人の敗残兵を主人公にしている。反乱軍の激烈な攻撃をかいくぐって逃げ延び、アストゥリアスの山岳地帯に身を潜めた三人のゲリラ兵士はひとり、またひとりと命を落としていき、最後にアンヘルだけが辛くも生き残る。彼は友人、知人をはじめいろいろな人たちの助けを借りてどうにか露命をつないだ。一九三九年、フランコ将軍は、「内戦は終結した」と宣言するが、反フランコ派の人間に対する厳しい弾圧はその後も変わりなく続けられた。つまり、この小説の主人公たちや反フランコ派の人たちにとって、内戦はまだ終結しておらず、厳しい弾圧と監視のもとで生きていかざるを得なかった。スペイン内戦がはじまってから長い年月が経ち、フランコの独裁制が確立したあとも、北部の山間部に立てこもって、官憲の目をかいくぐりながら支援を得られぬまま孤独な戦いを続けた男たちの姿を描いたこの小説は、のちに映画化される。その時に、監督のフリオ・サンチェス・バルデスから共作でシナリオを書かないかと声をかけられて、それまで孤独な密室で詩や小説を書き続けてきたリャマサーレスは、彼と共同で仕事をすることになった。その時の体験が思いのほか刺激的で、楽しかったので、以後シナリオも手掛けるようになる。そのうちの一作“Flores de otro mundo”『別世界の花』(一九九九)は、スペインの映画監督イシアル・ボジャインによって映画化され、カンヌの国際フェスティバルにおいて批評家賞に輝いた。

しかし、作家としてその名が広く知られるようになるのは、『黄色い雨』(一九八八)によってである。ピレネーの山奥にひっそり身を潜めている寒村アイニエーリェ村を舞台に、死者と思われる人物の語りで進められるこの物語は、読む者に衝撃を与えずにはおかない。満足に食べるものもなく、苦しい生活を強いられている村人たちは、次々に村を離れていく。そんな中、語り手の息子のひとりがスペイン内戦時に兵隊にとられ、そのまま消息不明になる。もうひとりの息子も苛酷な生活に耐え切れなくなって、両親を捨てて村を出ていく。あとには主人公と妻、そして一頭の犬だけが残される。

その妻も二人の息子を失った上に、人影の消えた村での暮らしに耐え切れなくなり、放置された粉挽き小屋で首をつって死ぬ。あとに残された主人公は、廃村で犬とともに露命を繋ぐが、残されたものといえば死の訪れを待つことだけだった。そんなある日、主人公は毒蛇に嚙まれ生死の境をさまようが、その頃から彼の前に祖父母や両親、幼くして亡くなった娘など、あの世へ旅立った人たちが姿を現すようになる。また、彼にとってかけがえのない唯一の友である犬の影が、死を象徴するポプラの枯葉色に染まっていることに気がつく。いずれこの時が来るだろうと覚悟を決めていた主人公は、そのために大切にとっておいた最後の銃弾で犬を撃ち殺して、死者たちのもとへ送ってやり、自身もベッドに横たわって死の訪れを待つ、という衝撃的なストーリーである。

この作品には、死が深々とした影を落としていて、言いようもなく深い悲しみがたたえられている。しかし一方で、読者はその背後に隠された、哀切ではあるが透明な美しさを感じ取るにちがいない。雨のように降りしきるポプラの黄色い枯葉は、生命の衰微、消滅を暗示しているが、同時にそこには再生、新たな生まれ変わりも秘められていて、それがかけがえのないものとして読者に伝わってくる。この作品からは雨のように降りしきるポプラの枯葉が、作品全体を黄一色に染め上げているような印象を受ける。しかし、その背後にはもろく壊れやすいつかの間の命への挽歌だけでなく、生と死、そして再生のサイクルの中にある、はかないけれども同時に強靭な自然の生命力をいとおしむ、作者の希望を込めた眼差しが感じ取れるはずである。この小説は、まさしく詩人でなければ書けない哀しさと美しさが込められた、死と再生の物語なのである。

この作品は、当初スペイン本国ではほとんど注目されず、何年もの間あまり評判にならなかった。しかし、やがてヨーロッパ全土、アメリカ、それに東欧諸国でも評価が高まり、次々に翻訳が出て、国際的に高く評価されるようになった。ぼくがこの小説に出会ったのは、思いもかけない偶然によるものだが、それについてはのちほど触れることにする。

＊

『黄色い雨』に関してはひとつ面白いエピソードがある。訳書が出て数年後、ある日ぼくのもとに昔の教え子から一通の手紙が送られてきた。差出人はW君となっていたが、ふだん手紙をやり取りしたことのない彼が、なぜ急に手紙を送ってきたのだろうと怪訝に思いつつ開いてみると、数枚の写真が出てきた。そこには、灌木と雑草に覆われ、半ば崩れ落ちた廃屋が何軒か写っていた。それを見て、なぜこのような写真を送ってくれたのだろうと不思議に思いつつ手紙を読んで、ぼくは衝撃を受けた。それによると、W君は『黄色い雨』の翻訳を読んで感銘を受け、どうしても小説に出てくるアイニエーリェ村を訪れてみたいという思いに駆られた。そこでまず、奥さんと友人二人を含めた総勢四人でドイツのフランクフルト経由でスペイン北部の町ビルバオまで行き、そこでレンタカーを借りてピレネー山脈を目指して車を走らせ、ついにアイニエーリェ村の近くまでたどり着いた。しかし、途中で車の通れない悪路になったために徒歩で近辺を探しまわって、ついにあの村を見つけ出したというのだ。「同封の写真は、その時に撮ったものです」と書かれてあったので、ぼくは慌てて写真をもう一度見直した。何とその中の一枚には手書きらしい文字でアイニエーリェ村と書かれた標識が写っていた。すると、数枚の写真に草や灌木が生い茂る中に半ば朽ち果てて倒壊した家が写っていたが、あれは村人たちが住んだ、いや、あの中の一軒がかつてこの小説の登場人物たちが住み、今では廃屋になっている家にちがいないと思い当たり、心が震えるような感動に襲われた。それにしても、『黄色い雨』という小説が、スペインからはるか遠く離れた極東の小さな国に住む読者を駆り立てて、はるばる小説の舞台になっているアイニエーリェ村まで引き寄せたというのは、奇跡のように思われた。このような写真を送ってくれたW君に感謝しつつ、同時に『黄色い雨』の翻訳に携われたのは何と幸せなことだろうとしみじみ感じた。

*

リャマサーレスに話を戻すと、小説家としては寡作だが、それでも六年後の一九九四年に小説『無声映画のシーン』を、次いで翌年に、この『短篇集』に収められている『僻遠の地にて』（以前、ぼくはこの作品のタイトルに『どこにもない土地の真ん中で』という珍妙な訳をつけたが、これは誤訳である。ここに訳出した『短篇集』に収められているもう一作のタイトルには『激しくもむなしい熱情』という訳をつけたが、作中でこの一文が出てくる箇所を見ると、やはりしっくりこないので『いくら熱い思いを込めても無駄骨だよ』に変えたことをここでお断りしておく）を出版する。

以下に、これまで彼が発表した作品の主なものを挙げておこう。

La lentitud de los bueyes（一九七九年、詩集）
El entierro de Genarín（一九八一年、中篇小説）
Memoria de la nieve（一九八二年、詩集）
Luna de lobos（一九八五年、邦訳『狼たちの月』ヴィレッジブックス刊、二〇〇七年）
La lluvia amarilla（一九八八年、邦訳『黄色い雨』ヴィレッジブックス刊、二〇〇五年、その後、河出文庫に収録）

El río del olvido（一九九〇年、紀行文）
En Babia（一九九一年、エッセイ）
Escenas de cine mudo（一九九四年、邦訳『無声映画のシーン』ヴィレッジブックス刊、二〇一二年）
En mitad de ninguna parte（一九九五年、邦訳『僻遠の地にて』本書に収録）
Tres historias verdaderas（一九九八年、短篇集）
Los viajeros de Madrid（一九九八年、エッセイ）
Cuaderno del Duero（一九九九年、紀行文）
El cielo de Madrid（二〇〇五年、小説）
Modernos y elegantes（二〇〇六年、エッセイ）
Entre perro y lobo（二〇〇八年、エッセイ）
Las rosas de piedra（二〇〇八年、紀行文）
Tanta pasión para nada（二〇一一年、邦訳『いくら熱い思いを込めても無駄骨だよ』本書に収録）
Las lágrimas de San Lorenzo（二〇一三年、小説）
Distintas formas de mirar el agua（二〇一五年、小説）
Cuentos cortos（二〇一六年、邦訳『水の価値』この中の一部がここに紹介した本書に収められている）
El viaje de Don Quijote（二〇一六年、紀行文）
Las rosas del sur（二〇一八年、紀行文）
Primavera extremeña（二〇二〇年、紀行文）

実を言うと、この『短篇集』に収められている『僻遠の地にて』は、以前にテキストを入手し、訳し終えてフロッピーにとってあった。その後『いくら熱い思いを込めても無駄骨だよ』が出たので、こちらの方も入手して訳をはじめようとしたのだが、仕事の関係で延び延びになっていた。そんなところにリャマサーレスのエージェントからこの『短篇集』が送られてきたので、これは訳さなければと思ったが、抱えていた仕事があってなかなか取りかかれなかった。幸い、今回ようやく訳し終えることができたので、親しいリャマサーレス氏に大手を振ってメールができると喜んでいる。

ここに訳した『僻遠の地にて』には七編の短篇が収録されているが、ほとんどがブラック・ユーモアをたたえた作品になっている。つまり、醇朴（じゅんぼく）で憎めない人間なのだが、感情のコントロールが下手な上に、何事につけ不器用で、こだわりが強すぎるという性癖がある。そうした人物たちが織り上げる悲喜劇がここでは語られている。読者は読み進みながら、自分が向かっている方向が破滅につながっていると気づいているはずなのに、人物たちが感情をコントロールすることができず悲劇的な結末へと突き進んでいく、その姿にはらはらしながらも思わず吹き出してしまう。ただ、その背後に作者の人物に対する愛情のこもったやさしいまなざしがあることは言うまでもない。ここにある笑いは、黒い哄笑にちがいないが、そこには作者の深い共感と愛情が込められている。簡潔平明で、無駄のない語り口に乗せられて一気にこの作品を読み終えた読者の心の中には、ここに描かれている愛すべき人物たちの姿とその生きざまが深く刻み付けられることだろう。

この作品から十六年後に出版された『いくら熱い思いを込めても無駄骨だよ』には、スペイン内戦の残した深い傷跡が今も風化することなく残されているエピソードを語った「行方不明者」、「夜の医者」、あるいは少し手を加えれば長篇小説になったのではないかと思われる、報われざる恋を描いた「マリオおじさんの数々の旅」、消えゆくもの、失われゆくものへの挽歌「尼僧たちのライラック」や「プリモウト村には誰ひとり戻ってこない」などヴァリエーション豊かな数々の作品が収められていて、読む者をリャマサーレスならではの世界へと引き込んでいく。ここに紹介したいかにもリャマサーレスらしい刻印の押された独自の作品世界を楽しんでいただければ、訳者としてはそれに勝る喜びはない。

今回の翻訳は、Julio Llamazares, *Cuentos cortos*, Debolsillo, Penguin Random House Grupo Editorial, 2016. を底本として用いた。

以下は余談である。

大学に残ってしばらくの間、二十世紀初めに活躍したスペインの作家のものを中心に読んでいたが、心を揺り動かされるような作品に出会えず、先の見えない状況に追い込まれた。そんな時、大学の学生食堂にひとりのメキシコ人が迷い込んできて、目の前の風景が一変した。

たまたま食堂に足を向けたところ、学生のひとりが近づいてきて、先生、助けてください、メキシコ人が来ているんですが、何を言っているのかよくわからないんです、と訴えてきた。話を聞いてみると、そのメキシコ人は禅の勉強がしたくてメキシコからやってきて、現在寺に滞在しているのだが、禅を学ぶには日本語をマスターする必要があると言われて、この大学なら誰か教えてくれるだろうと思ってやってきたとのことだった。彼としては藁にもすがる思いだったのだろうが、だしぬけに「どうだろう、君が教えてくれないか」と言われて、こちらは困惑した。放っておけないと思い引き受けることにしたが、日本語を教えるにも、経験がなかった上に、日本語教本があることすら知らなかった。そこで、彼が宿泊している禅寺へ行き、テキストもないまま日本語の会話からはじめることにしたのだが、話好きな彼は勉強にまったく身が入らず、次から次へといろいろなことを話題にしてしゃべり、ぼくの方はもっぱら聞き役に回っていたので、彼の日本語能力はまったく伸びなかった。そんな中、ある日たまたま文学の話になった。すると、彼はがぜん勢いづいた。「今はスペイン文学よりも、ラテンアメリカの文学の方がはるかに面白いぞ。迷っているのなら、今すぐ乗り換えろ。そうそう、ぼくはいま、アルゼンチンの作家フリオ・コルタサルにはまっているけど、この作家はすごいよ。ぼくがはるばる日本まで来たのも、彼の小説『石蹴り遊び』に惚れ込んだせいなんだ。あの小説には、禅の話が出てくるけど、そこを読んでぼくは日本に来て禅を学ぼうと考えたんだ。ああ、そうだ、ちょうど手元に『石蹴り遊び』が二冊あるから、一冊持ってかえるといい」そう言って、全体が真っ黒で、表紙に石蹴りの図が描かれている、恐ろしく分厚い本をスーツケースから取り出してきて、固辞するぼくに無理やり押し付けた。

彼と別れたあと、帰りの電車の中でどんな本だろうかと思っておそるおそる『石蹴り遊び』を開いて読みはじめたが、最初の数ページで完全に魅せられてしまった。とりわけ、冒頭の「ラ・マーガに出会えるだろうか」という一文に驚嘆した。それまでに読んだどの小説にも出てこなかった衝撃的な一文だっただけでなく、いい作品に出会えないだろうかと必死に模索していたぼくに、一筋の光明をもたらしてくれそうに思えたのだ。あの一行を読んで、こんな書き出しの小説があったのかと感動し、瞬時にぼくはコルタサルの作品に引き込まれ、以後『石蹴り遊び』を何度も読み返した。その後、彼の作品をできる限り集め、さらにそこからボルヘス、ガルシア＝マルケス、バルガス＝リョサ、カルロス・フエンテス、オクタビオ・パス……といったラテンアメリカの現代文学を代表する作家、詩人の書いたものへと視野を広げて読みふけるようになった。あの時もしメキシコ人のラウル君に出会っていなかったら、今頃自分はどこをさまよっているだろうと思うことがある。

それから二十年余り、ぼくは当時〈ブーム〉と呼ばれていたラテンアメリカ文学に親しんできたが、さすがに年数が経つと新大陸の文学にも陰りが見えはじめた。生気にあふれた新大陸の作家たちも、あるものは鬼籍に入り、あるものは作品を書いても、そこに老いのかげが感じ取れて、往年の覇気、生気が感じ取れなくなった。その後に登場してきた〈ポスト・ブーム〉と呼ばれる若い作家たちの書いた作品も読んでみたが、以前のように心に強く響くことはなかった。つまり、それだけぼく自身が老いたということだろう。

そんなぼくの前に、またしても思いもよらない偶然のおかげで新しい扉が開かれることになった。ぼくが勤めていた神戸市外国語大学のイスパニア学科が、マドリッドの東三十キロほどのところにある、セルバンテスの生地として名高いアルカラー・デ・エナーレスという町の、由緒あるアルカラー大学と教員交換の提携を結び、毎年半年間、互いに教員を相手方の大学に派遣することになった。ぼくも何度かあの大学で教鞭をとって日本語を教えたが、ある年の学期末、ロシア語を教えていたルドミラ先生が、各言語を教えている先生方を集めて、「ねえ、みんな、私たちは次にいつここに来られるかわからないでしょう。つまり、今回限りでもう二度と顔を合わせることがないかもしれないでしょう。だったら、せっかくの機会だからみんなでお別れパーティをしましょうよ」と呼びかけた。むろん、ぼくたちに異存があるわけはなく、もろ手を挙げて賛同した。

かくして、それぞれに料理とお酒を持ち寄って、ワイワイ、ガヤガヤにぎやかにパーティをはじめた。パーティは大成功で、大盛り上がりに盛り上がり、一人ひとり歌をうたったり、踊ったりと、まことににぎやかなことになった。ヨーロッパ系の言語の先生が中心になり、アラビア語や日本語の先生をくわえて酒盛りをし、それぞれが自国の歌をうたいはじめた。そんな中、ハンガリー語の先生マルタさんはにこやかな笑みを絶やさずグラスにウオッカをついでは、まるで水でも飲むようにひとりクイクイ空にしていた。やがてお酒がまわったのか、背は高くないがいかにも東欧の農婦といった感じのがっしりした体形の彼女が立ち上がると、ワイン・ボトルを持ってフロアに進み出て、ボトルを部屋の中央に置き、歌をうたいながらそのまわりで奇妙なステップを踏みはじめた。

　歌詞が何語なのかわからなかったが、あとでマルタさんに訊いたところではギリシア語とのことだった。ゆるやかなテンポの歌に合わせて、彼女はその体形に似ず軽やかなステップでボトルを中心にして踊り――というよりも、あれは「舞う」と言うべきだろう――はじめた。彼女は足を高く上げてボトルすれすれのところを通過させるかと思えば、左右交互に足を踏みかえてくるくる回転しながら舞っていた。軽やかなステップを踏んでいる彼女を見ているうちに、ぼくはふと、彼女が大草原の中で踊っているような錯覚にとらえられた。たしかハンガリー人の血の中には、遠い先祖のフン族、あるいはマジャル人とよばれた遊牧民の血が何割か流れていると言われている。多くの異民族（ぼくたちのことだが）と同席して、聖なる酒を浴びるように飲んだマルタさんの身体の中でその先祖の血が目覚め、あの場をミルチャ・エリアーデの言う「力の顕現（クラトファニー）」、「聖の顕現（ヒエロファニー）」の場に、つまり「それまでは俗的空間」であったものを「聖なる空間」（『聖なる空間と時間』久米博訳）に昇華させるために、神聖な儀式を執り行おうとしたのではあるまいか、と勝手な空想にふけった。われわれは憑かれたように、彼女が軽やかなステップを踏んで舞っているのを眺めていた。やがてマルタさんはボトルを床からひろい上げると、頭の上に載せようとしたが、うまくいかなかった。「だめね」と言って、ボトルに水を入れ、重くしてから再度試みたが、それもうまくいかなかった。すると、出しぬけにボトルをつかんで床に投げつけ、粉々に砕いた。その場に居合わせた者は、思わず「アッ」と声を上げたが、マルタさんは何事もなかったかのように平然と動じる風もなく「だめね」と言ったあと、ぼくの前の席に戻ってくると、ふたたびウオッカのグラスを傾けはじめた。その時、ふと思い出したようにぼくの方を向いて「キムラ、あなたはよくラテンアメリカ文学の話をするけれど、スペインにもすごい作家がいるのを知っている？　フリオ・リャマサーレスという作家なんだけど、だまされたと思って一度彼の『黄色い雨』を読んでごらんなさい」と言った。スペインの現代小説には疎かったので、助言を聞いた次の日、早速行きつけの書店に足を向けて『黄色い雨』を取り寄せてもらって読みはじめたが、マルタさんの言葉通りすばらしい小説で、ぼくは取りつかれたように読みふけり、これはどうしても訳したいと思ったのを今でもよく覚えている（以前、別のところで『黄色い雨』のことを教えてくれたのは、親しくしていたある書店のご主人ハビエルさんだと書いたが、それはぼくの記憶違いで、あの小説のことを教えてくれたのは大いにきこしめしていた巫女のマルタさんだった）。

あの小説に出会ってぼくはふたたび生気を取り戻し、リャマサーレスの作品を夢中になって読みふけるようになった。

さらに幸運が続いた。それから数年後、敬愛するイタリア文学の研究者和田忠彦氏と雑談していると、ふと思い出したように和田氏がこう言った。「実は、この夏タブッキのところへ行ったんですが、その時にタブッキがこの作品は面白いよと言って、エンリーケ・ビラ＝マタスというスペインの作家の『バートルビーと仲間たち』をすすめてくれたんです。ぼくも目を通してみたんですが、とても面白かったですね。もしご存じなければ一度読んでみられるといいですよ」その言葉に従って、早速テキストを取り寄せて読んでみると、これがまた一風変わった非常に面白い小説で、夢中になって読みふけった。そのあともビラ＝マタスのほかの作品に目を通したが、おかげで前衛主義の流れをくむ綺想の作家ビラ＝マタスの、独特の雰囲気をたたえた魅力的な作品世界に親しむことができたのは、ぼくにとってこの上ない僥倖(ぎょうこう)であり、喜びになったことは言うまでもない。

以上のようなことを長々と書き綴ったのは、外国文学を研究していて、これぞという作品になかなか出会えなかったとしても、決してあきらめたり、安易に妥協したりせず、辛抱強く探さなければならないと伝えたかったからなのだ。そのためにしっかりアンテナを張って情報を入手し、これぞと思える作品に出会うまで粘り強く探すことが何よりも大切だと思う。そうして倦(う)まずたゆまず探していると、いつか幸運の女神が微笑んでくれるだろう。外国文学を対象に研究しようとすると、思ったように情報が入らず、焦りや苛立ちが生まれてくるだろうが、ここが辛抱のしどころだと覚悟を決めてかかれば、そのうちきっとあの女神が微笑んでくれるはずである。

この短篇集の出版に当たって、いろいろとご尽力くださった河出書房新社編集部の竹花進氏、そして訳者の拙い訳文に丁寧に目を通して、貴重な助言をくださった校正者の方には、この場を借りてお礼を申し上げておかなくてはならない。

［著者］

フリオ・リャマサーレス（Julio LLAMAZARES）

1955年、スペイン北部のレオン県ベガミアン村で生まれる。マドリッド大学法学部を卒業後、弁護士、ジャーナリストを経て、詩人、小説家として活動をはじめる。85年に『狼たちの月』（木村榮一訳、2007年、ヴィレッジブックス）を発表。88年に発表した『黄色い雨』（木村榮一訳、2017年、河出文庫）で世界的に高い評価を得る。他の著書に『無声映画のシーン』（木村榮一訳、2012年、ヴィレッジブックス）がある。

［訳者］

木村榮一（きむら・えいいち）

1943年、大阪市生まれ。神戸市外国語大学名誉教授。著書に『ラテンアメリカ十大小説』（2011年、岩波新書）、『翻訳に遊ぶ』（2012年、岩波書店）他がある。訳書にバルガス＝リョサ『緑の家』（2010年、岩波文庫）、コルタサル『遊戯の終わり』（2012年、岩波文庫）、ガルシア＝マルケス『ガルシア＝マルケス「東欧」を行く』（2018年、新潮社）、ビラ＝マタス『永遠の家』（野村竜仁との共訳、2021年、書肆侃侃房）他がある。

Julio Llamazares :
CUENTOS CORTOS

リャマサーレス短篇集

2022年5月20日　初版印刷
2022年5月30日　初版発行

著　者　フリオ・リャマサーレス
訳　者　木村榮一
装　幀　森敬太（合同会社飛ぶ教室）
装　画　加藤崇亮
発行者　小野寺優
発行所　株式会社河出書房新社
〒151-0051
東京都渋谷区千駄ヶ谷2-32-2
電話（03）3404-1201［営業］／（03）3404-8611［編集］
https://www.kawade.co.jp/
組　版　株式会社創都
印　刷　モリモト印刷株式会社
製　本　大口製本印刷株式会社

Printed in Japan
ISBN978-4-309-20853-4